Florian Juterschnig

LANDSER IM WELTKRIEG

Partisanen – Deutsche Truppen im Kampf gegen
feindliche Banden

EK-2 Militär

ÜBER DIE REIHE

LANDSER IM WELTKRIEG

Jeder Band dieser Romanreihe erzählt eine fiktionale Geschichte, die vor dem Hintergrund realer Ereignisse und Schlachten im Zweiten Weltkrieg spielt. Im Zentrum der Geschichte steht das Schicksal deutscher Soldaten.

Wir lehnen Krieg und Gewalt ab. Kriege im Allgemeinen und der Zweite Weltkrieg im Besonderen haben unsägliches Leid über Millionen von Menschen gebracht.

Deutsche Soldaten beteiligten sich im Zweiten Weltkrieg an fürchterlichen Verbrechen. Deutsche Soldaten waren aber auch Opfer und Leittragende dieses Konfliktes. Längst nicht jeder ist als glühender Nationalsozialist und Anhänger des Hitler-Regimes in den Kampf gezogen – im Gegenteil hätten Millionen von Deutschen gerne auf die Entbehrungen, den Hunger, die Angst und die seelischen und körperlichen Wunden verzichtet. Sie wünschten sich ein »normales« Leben, einen zivilen Beruf, eine Familie, statt an den Kriegsfronten ums Überleben kämpfen zu müssen. Die Grenzerfahrung des Krieges war für die Erlebnisgeneration epochal und letztlich zog die Mehrheit ihre Motivation aus dem Glauben, durch ihren Einsatz Freunde, Familie und Heimat zu schützen.

Prof. Dr. Sönke Neitzel bescheinigt den deutschen Streitkräften in seinem Buch »Deutsche Krieger« einen bemerkenswerten Zusammenhalt, der bis zum Untergang 1945 weitgehend aufrechterhalten werden konnte. Anhänger des Regimes als auch politisch Indifferente und Gegner der NS-Politik wurden im Kampf zu Schicksalsgemeinschaften zusammengeschweißt.

Genau diese Schicksalsgemeinschaften nimmt »Landser im Weltkrieg« in den Blick.

Bei den Romanen aus dieser Reihe handelt es sich um gut recherchierte Werke der Unterhaltungsliteratur, mit denen wir uns der Lebenswirklichkeit des Landsers an der Front annähern. Auf diese Weise gelingt es uns hoffentlich, die Weltkriegsgeneration besser zu verstehen und aus ihren Fehlern, aber auch aus ihrer Erfahrung zu lernen.

Nun wünschen wir Ihnen viel Lesevergnügen mit dem vorliegenden Werk.

Ihre Zufriedenheit ist unser Ziel!

Liebe Leser, liebe Leserinnen,

zunächst möchten wir uns herzlich bei Ihnen dafür bedanken, dass Sie dieses Buch erworben haben. Wir sind ein kleines Familienunternehmen aus Duisburg und freuen uns riesig über jeden einzelnen Verkauf!

Unser wichtigstes Anliegen ist es, Ihnen ein angenehmes Leseerlebnis zu bieten.

Damit uns dies gelingt, sind wir sehr an Ihrer Meinung interessiert. Haben Sie Anregungen für uns? Verbesserungsvorschläge? Kritik?

Schreiben Sie uns gerne: info@ek2-publishing.com

Nun wünschen wir Ihnen ein angenehmes Leseerlebnis!

Heiko und Jill von EK-2 Militär

Partisanen

Der Wind strich kalt über die karge Landschaft, als die Dämmerung über die Gebirge des Balkans hereinbrach. Die Sonne war schon lange hinter den Bergen verschwunden, nur ein fahles Licht lag noch über den schneebedeckten Kiefern. Es war irgendwann im Januar 1943, und die Winterkälte hatte die Luft mit einem beißenden Frost erfüllt. Auf dem von der Wehrmacht besetzten Gebiet hatten sich die Spuren des Krieges tief in die Erde gegraben. Der Lärm von Geschützfeuer und das Summen von Flugzeugen gehörten hier nicht mehr zum Alltag, doch in dieser Nacht herrschte eine andere, unheimliche Stille.

Versteckt hinter einem dichten Gebüsch, in dem kaum noch Laub an den Zweigen hing, knieten zwei junge Gestalten. Sanko, der ältere der beiden Brüder, reckte den Kopf und spähte vorsichtig durch die Äste. Seine Augen waren auf das hölzerne Depot gerichtet, das in der Mitte des kleinen Tals stand. Es war ein einfaches Gebäude, aber gut bewacht. Er konnte die Silhouetten der Soldaten erkennen, die mit geschulterten Karabinern ihre Runden drehten.

"Wie viele sind es?", flüsterte Branko, der jüngere Bruder. Sein Atem formte kleine Wolken in der eisigen Luft, während er nervös an seiner wollernen Jacke zog.

"Drei, vielleicht vier", antwortete Sanko und zog sich wieder ins Dickicht zurück. "Wir müssen schnell sein. Sobald die Wache am Haupteingang vorbeigeht, haben wir ein paar Minuten Zeit." Seine Stimme war ruhig, doch in seinen Augen lag eine Entschlossenheit, die seine Jugend Lügen strafte. Sanko war gerade einmal vierzehn Jahre alt, Branko zwei Jahre jünger, und dennoch

waren sie in diesen Zeiten gezwungen, wie Männer zu
handeln.

Branko nickte, seine Hände zitterten leicht. Es war
nicht das erste Mal, dass sie versuchten, Lebensmittel
zu stehlen, doch jedes Mal blieb die Angst dieselbe. Die
Angst vor den Deutschen, die Angst vor dem Versagen,
die Angst, dass es das letzte Mal sein könnte. Aber der
Hunger war stärker, und die Notwendigkeit, ihre Familie zu versorgen, gab ihnen den Mut, das Risiko einzugehen.

Sanko zählte leise die Sekunden, während sie sich näher ans Depot heranschlichen. Die Soldaten entfernten
sich, ihre Schritte wurden leiser. Die Brüder erreichten
die Holzwand des Depots. Sanko zog ein kleines Brech-
eisen aus seinem Mantel und setzte es vorsichtig an der
Tür an. Mit einem leisen Knacken gab das Schloss nach.

Ein kurzer Blickwechsel, ein stummes Verständnis.
Sanko öffnete die Tür einen Spalt breit und schlüpfte
hinein. Branko folgte ihm dicht auf den Fersen. Drinnen
herrschte eine Dunkelheit, die fast greifbar war. Der
muffige Geruch von alten Kisten und Säcken hing in
der Luft. Mit flinken Händen durchsuchten die Brüder
die Vorräte, packten Mehl, Konserven-Dosen und getrocknetes Fleisch in ihre Taschen.

Plötzlich erklang ein Geräusch. Ein leises Knarren, das
die Stille durchschnitt wie ein Messer. Die Brüder er-
starrten. Sie sahen sich an, und für einen Augenblick
schien die Zeit stillzustehen. War es der Wind? Oder
doch ein Soldat? Sanko machte eine beruhigende Geste,
doch sein Gesicht war bleich. Sie mussten fertig werden, und das schnell.

Mit hastigen Bewegungen griffen sie nach den letzten Vorräten, die sie tragen konnten. Jeder Laut, jeder Atemzug schien in der Finsternis widerzuhallen. Dann, ohne ein Wort zu verlieren, schlichen sie zur Tür und schlüpften wieder hinaus in die Nacht.

Die Kälte traf sie wie ein Schlag, aber es war auch eine Erlösung. Noch immer hörten sie die Stimmen der Wachen in der Ferne, doch sie hatten es geschafft. Sanko deutete in die Richtung, in der ihr kleines Versteck lag. Sie mussten nur noch die letzten Meter überwinden, bevor sie in Sicherheit waren. Und dennoch, in der Dunkelheit hinter ihnen, lauerten die Schatten der Gefahr.

Nun galt es sich durch den Wald, an einigen Posten vorbei, zurück ins Dorf zu schleichen.

Die Nacht war finster, und der Wald wirkte wie ein Labyrinth aus Schatten und Geräuschen. Sanko und Branko schlichen geduckt durch das Dickicht, jeder Ast, den sie berührten, schien ein lautloses Echo in der Stille zu hinterlassen. Die Vorräte, die sie in ihren Taschen trugen, waren schwer und jedes knirschende Blatt unter ihren Füßen ließ ihre Herzen schneller schlagen. Der Weg zurück ins Dorf war gefährlich, gespickt mit deutschen Patrouillen und versteckten Posten.

Sie hatten kaum ein paar Hundert Meter zurückgelegt, als sie plötzlich das gedämpfte Murmeln von Stimmen hörten. Sanko hob eine Hand, um Branko zum Stehenbleiben zu bringen. Vorsichtig hoben sie ihre Köpfe und sahen zwei Soldaten an einem kleinen Lagerfeuer, das flackernd das Unterholz beleuchtete. Die Soldaten wirkten müde, ihre Uniformen waren schmutzig, und ihre Gewehre lagen achtlos neben ihnen. Es war eine günstige Gelegenheit, vorbeizuschleichen, doch sie mussten vorsichtig sein.

Mit gedämpften Atemzügen duckten sich die Brüder tiefer und bewegten sich im Schatten der Bäume. Jeder Schritt wurde sorgfältig gesetzt, jeder Laut vermieden. Das Knacken eines Zweigs ließ Branko kurz innehalten, sein Blick flog zu den Soldaten, die sich jedoch weiter unterhielten, sich vielleicht in einer der seltenen Pausen erholend. Langsam, quälend langsam, arbeiteten sich die Brüder an dem Lagerfeuer vorbei, bis das Murmeln der Soldaten hinter ihnen verstummte.

Der Weg führte sie tiefer in den Wald, wo die Bäume dichter standen und die Dunkelheit sie schützte. Doch die Gefahr war noch nicht gebannt. Sanko wusste, dass sie noch an einer weiteren Patrouille vorbei mussten. Diese Soldaten waren bekanntermaßen wachsamer, besonders nach den jüngsten Angriffen der Partisanen. Der Pfad wurde schmaler und die Brüder mussten sich dicht aneinander drücken, um nicht von den umstehenden Ästen erfasst zu werden.

Plötzlich hörten sie das leise Klicken eines Sicherungshebels und das leise Knirschen von Stiefeln auf gefrorenem Boden. Sanko zog Branko schnell zu Boden, hinter einen umgestürzten Baumstamm. Die Zeit schien stillzustehen, während sie flach auf dem Bauch lagen, kaum zu atmen wagend. Der Lichtschein einer Taschenlampe huschte durch die Dunkelheit und über den Schnee, nur wenige Meter entfernt. Die Patrouille kam näher, ihre leisen Gespräche waren nun deutlich zu hören. Sanko presste sich tiefer in den Boden, Branko neben ihm. Jeder Muskel war angespannt, bereit zu fliehen oder zu kämpfen, falls sie entdeckt würden.

Doch die Soldaten zogen weiter, ihre Stimmen wurden leiser. Die Brüder warteten, bis das letzte Geräusch verstummt war, bevor sie sich langsam erhoben. Sanko schaute sich um, um sicherzugehen, dass die Luft rein war, dann nickte er Branko zu. Es war noch ein kurzer, aber entscheidender Weg durch den Wald. Sie mussten nur noch die kleine Lichtung überqueren, die direkt an den Rand des Dorfes grenzte. Eine letzte Herausforderung.

Sie traten aus dem Schutz der Bäume, das Dorf lag still und verlassen vor ihnen. Die Fensterläden waren geschlossen, kein Lichtschein drang aus den Häusern. Die Gefahr war noch nicht vorüber, aber die Hoffnung wuchs mit jedem Schritt. Sanko konnte das Haus ihrer Großmutter in der Ferne erkennen, ein unscheinbares Gebäude am Rand des Dorfes. Ein letztes Mal blickten sie sich um, dann rannten sie, so leise wie möglich, die letzten Meter. Die Tür öffnete sich mit einem leisen Knarren, und die Brüder schlüpften hinein, endlich in Sicherheit.

Drinnen empfing sie die warme Luft des kleinen Hauses. Ihre Großmutter saß am Tisch, ihre Augen müde, aber voller Sorge. Als sie die beiden sah, breitete sich ein Lächeln auf ihrem Gesicht aus. Die Brüder legten die gestohlenen Vorräte auf den Tisch. Ein Erfolg, doch die Not war noch lange nicht vorbei. Für heute aber, konnten sie durchatmen, ein wenig Wärme und Hoffnung inmitten der eisigen Kälte des Winters genießen.

Das Deutsche Hauptquartier lag in einem alten, prunkvollen Herrenhaus, das längst seine ursprüngli-

Sanko und Branko sahen sich an, dann nickten sie. Es war eine stille Einwilligung, eine Anerkennung der Gefahr und der Verantwortung, die sie gegenüber ihrer Familie und ihrem Dorf hatten. Der Vater lehnte sich zurück und rieb sich erschöpft die Stirn.

Die Flammen im Kamin flackerten leise, und für einen Moment schien es, als wäre die Welt draußen weit entfernt. Doch die Realität des Krieges und die drohende Gefahr waren immer präsent, wie ein Schatten, der über ihnen hing. Die Familie saß still zusammen, vereint in der Hoffnung auf bessere Tage, aber auch in der Angst vor dem, was für das gefallene Jugoslawien noch kommen mochte.

Gegen Mittnacht war es kalt und still. Nur das ferne Heulen des Windes durch die kahlen Äste der Bäume war zu hören. Im Dorf herrschte Stille; die Bewohner hatten sich in ihre bescheidenen Häuser zurückgezogen, in der Hoffnung, dass die Dunkelheit eine schützende Decke über sie legen würde. Doch diese Nacht sollte keine Ruhe bringen. Sie brachte den Tod.

Es begann mit einem leisen Rascheln, das kaum jemand wahrnahm. Dann kamen die leisen Schritte, fast unhörbar im Schnee, die sich um das Dorf legten wie eine Schlinge. Die Tschetniks, faschistische Jugoslawen, die mit den Besatzern kollaborierten, hatten das Dorf umzingelt. Ihre Gesichter waren hart und entschlossen, ihre Augen kalt und unerbittlich. Hass, nichts als Hass trieb diese Menschen an. In ihren Händen hielten sie, Sprengstoff, moderne deutsche Gewehre und lange Messer, bereit, ihren grausamen Plan in die Tat umzusetzen.

Plötzlich brach die Stille. Ein lauter Schuss, dann Schreie. Die Tschetniks fielen über das Dorf her, brachen Türen auf und zogen die Bewohner aus ihren Häusern. Die Nacht erfüllte sich mit den Schreien der Überraschten, dem Heulen von Frauen und Kindern, die um Gnade flehten. Doch es gab keine Gnade. Die Tschetniks kannten keine Barmherzigkeit. Sie waren gekommen, um ein Exempel zu statuieren, und sie waren bereit, jeden zu töten, der sich ihnen in den Weg stellte.

Sanko und Branko waren von den Schreien geweckt worden. Ihr Vater hatte sie sofort gepackt und aus dem Bett gezerrt. "Lauft!", war alles, was er sagen konnte, bevor er aus dem Haus stürmte, um zu versuchen, ihre Mutter und Großmutter zu retten. Die Jungen folgten seinem Befehl, ihre Herzen rasten vor Angst und Schrecken. Sie wussten nicht, was geschah, aber sie verstanden, dass es um Leben und Tod ging.

Die Kälte schnitt wie ein Messer, als sie aus der Hintertür des Hauses in die Dunkelheit flohen. Hinter ihnen hörten sie die Schreie und das Aufblitzen von Gewehrfeuer. Sanko griff Brankos Hand, seine Augen vor Entschlossenheit und Panik weit geöffnet. "Komm, wir müssen weg!", rief er, seine Stimme zitternd. Die beiden rannten, ihre Füße wühlten den Schnee auf, hinterließen tiefe Spuren, die schnell von der Dunkelheit verschlungen wurden.

Die Bäume des Waldes nahmen sie auf, ihre Äste wie schützende Arme über ihnen. Doch die Kälte war erbarmungslos. Die Jungen liefen, bis ihre Lungen brannten und ihre Beine wie Blei wurden. Sie wagten nicht, stehen zu bleiben, aus Angst, dass die Tschetniks ihnen folgen könnten. Das Licht der brennenden Häuser flackerte noch lange in der Ferne.

che Pracht verloren hatte. Inmitten von Aktenstapeln und provisorischen Schreibtischen herrschte geschäftiges Treiben. Offiziere eilten hin und her, Telefone klingelten unablässig, und draußen vor den Fenstern marschierten die Wach-Soldaten in gleichmäßigen Schritten. Der Krieg hatte selbst diesen einst ruhigen Ort fest im Griff.

In einem der größeren Räume, der einst wohl als Salon gedient hatte, stand Generaloberst Alexander Löhr vor einem großen Tisch, auf dem eine detaillierte Karte des südlichen Balkan ausgebreitet war. Seine Augen waren hart, seine Lippen schmal zusammengepresst. Der Oberbefehlshaber der Heeresgruppe E, groß geworden in der K.u.K. Armee, war ein Mann von steinerner Disziplin, doch der anhaltende Widerstand der Partisanen hatte auch seine Geduld erschöpft. Neben ihm stand General Jürgensen, ein erfahrener Offizier aus Hamburg, der nun neu für die Operationen in Südjugoslawien verantwortlich war. Sein Gesichtsausdruck war ernst, als er die neuesten Berichte durchsah.

"General Jürgensen", begann Löhr in scharfem Ton, ohne von der Karte aufzublicken, "die Situation ist inakzeptabel. Die Partisanen setzen uns ständig unter Druck, sabotieren unsere Nachschublinien und untergraben unsere Kontrolle über das Gebiet." Er deutete auf mehrere markierte Punkte auf der Karte, wo kürzlich Angriffe gemeldet worden waren. "Ihre bisherigen Operationen waren nicht erfolgreich genug, um die Bedrohung nachhaltig zu neutralisieren. Das kann nicht so weitergehen."

Jürgensen nickte, seine Stirn in Falten gelegt. "Herr Generaloberst, die Partisanen sind äußerst mobil und nutzen das unwegsame Gelände zu ihrem Vorteil. Unsere Truppen haben Schwierigkeiten, ihnen habhaft zu werden. Es ist, als kämpften wir gegen Schatten." Seine Stimme klang ernst, aber nicht entschuldigend. Er wusste, dass der Auftrag schwierig war, aber er hatte sich darauf vorbereitet, Lösungen zu präsentieren.

Löhr trat näher an die Karte heran, sein Blick durchdringend. "Wir müssen entschlossener vorgehen. Der Führer erwartet Ergebnisse, und wir können uns keine weiteren Verzögerungen leisten. Sie werden alle verfügbaren Kräfte mobilisieren und konzentrierte Operationen gegen die Partisanen durchführen. Keine Rücksicht auf Verluste. Wir müssen diese Pest endlich ausrotten." Seine Worte waren hart und unmissverständlich.

Der Generaloberst zeigte auf eine Region auf der Karte, die besonders schwer betroffen war. "Beginnen Sie hier in Straciviza. Nehmen Sie alle verfügbaren Einheiten und rücken Sie vor. Durchkämmen Sie jedes Dorf, jede Hütte. Wir brauchen Informationen, Informanten und vor allem: Resultate." Er drehte sich zu Jürgensen um, seine Augen kalt und unnachgiebig. "Und General, ich will keine weiteren Ausreden. Ich will Taten sehen. Bis zum Ende des Monats muss diese Region unter unserer vollständigen Kontrolle sein. Haben wir uns verstanden?"

Jürgensen salutierte ein wenig widerwillig, die Spannung in der Luft war spürbar. "Jawohl, Herr Generaloberst. Ich werde die notwendigen Maßnahmen ergreifen und unverzüglich mit der Operation beginnen." Er wusste, dass die bevorstehende Aufgabe alles andere als leicht sein würde. Die Partisanen hatten den Vorteil des Heimvorteils und der Unterstützung der lokalen

Bevölkerung. Doch der Befehl war klar, und das Versagen war keine Option.

In dem kleinen, schwach beleuchteten Haus herrschte eine gedrückte Stimmung. Das knisternde Feuer im Kamin war die einzige Lichtquelle, die den Raum in ein sanftes, flackerndes Licht tauchte. Die dünnen Wände hielten die Winterkälte kaum draußen, doch die Familie hatte sich um den Tisch versammelt, um wenigstens ein wenig Wärme und Geborgenheit zu finden. Die Luft war erfüllt vom Duft des kargen Abendessens, das aus den gestohlenen Vorräten zubereitet worden war.

Der Vater Darko, ein hagerer Mann mit tiefliegenden Augen und einem vom Leben gezeichneten Gesicht, stand aufrecht am Tisch. Er war ein Mann der wenigen Worte, doch seine Präsenz füllte den Raum. Seine Hände lagen schwer auf der Tischplatte, seine Fingerknöchel weiß vor Anspannung. Er blickte seine Söhne Sanko und Branko an, die neben ihrer Großmutter saßen. Beide wirkten erschöpft, doch ihre Augen glühten noch immer vor der Aufregung ihres nächtlichen Abenteuers.

"Das war das letzte Mal", begann der Vater mit einer leisen, aber eindringlichen Stimme. Seine Worte schnitten durch die Stille wie ein scharfes Messer. "Ihr werdet keine Lebensmittel mehr stehlen. Es ist zu gefährlich geworden." Seine Augen wanderten von Sanko zu Branko und wieder zurück. "Die Deutschen werden nicht zögern, hart zuzuschlagen, wenn sie herausfinden, dass jemand ihre Vorräte geplündert hat. Sie kennen keine Gnade."

Sanko, der ältere der beiden, senkte den Blick. Er wusste, dass sein Vater Recht hatte, aber der Hunger und die Not hatten ihn und Branko dazu getrieben, das Risiko einzugehen. "Aber Vater" wagte er zu widersprechen, "wir müssen irgendetwas tun. Wir haben kaum genug zu essen, und die Deutschen lassen uns kaum etwas übrig." Seine Stimme zitterte leicht, doch in seinen Worten lag eine tief empfundene Notwendigkeit.

Der Vater schloss kurz die Augen und atmete tief durch. "Ich weiß, Sanko. Aber das Risiko ist zu groß. Wenn die Deutschen Vergeltung üben, werden sie das ganze Dorf bestrafen. Frauen, Kinder, Alte... Sie werden nicht unterscheiden. Wir können das Dorf nicht gefährden." Seine Stimme wurde leiser, fast flehend. "Es ist nicht nur eure Sicherheit, die auf dem Spiel steht. Es geht um alle hier."

Die Großmutter, eine alte Frau mit einem müden Gesicht und gütigen Augen, legte eine Hand auf Brankos Schulter. Sie hatte das Gespräch schweigend verfolgt, doch nun sprach sie mit sanfter Stimme. "Euer Vater hat Recht. Wir müssen vorsichtig sein. Die Deutschen sind unberechenbar, besonders jetzt, wo der Krieg sich gegen sie wendet. Es gibt andere Wege, uns zu versorgen. Wir müssen nur zusammenhalten und stark bleiben."

Branko nickte stumm, die Worte seiner Großmutter trafen ihn tief. Er wusste, dass sie Recht hatten, aber die Angst vor dem Hunger saß tief. Der Vater seufzte und setzte sich auf einen wackeligen Stuhl. Er sah seine Söhne an, seine Augen voller Sorge und Zuneigung. "Ich möchte nicht, dass ihr euch in Gefahr bringt. Wir werden es schaffen, irgendwie. Aber bitte, versprecht mir, dass ihr vorsichtig seid und nichts Unüberlegtes tut."

Sanko und Branko sahen sich an, dann nickten sie. Es war eine stille Einwilligung, eine Anerkennung der Gefahr und der Verantwortung, die sie gegenüber ihrer Familie und ihrem Dorf hatten. Der Vater lehnte sich zurück und rieb sich erschöpft die Stirn.

Die Flammen im Kamin flackerten leise, und für einen Moment schien es, als wäre die Welt draußen weit entfernt. Doch die Realität des Krieges und die drohende Gefahr waren immer präsent, wie ein Schatten, der über ihnen hing. Die Familie saß still zusammen, vereint in der Hoffnung auf bessere Tage, aber auch in der Angst vor dem, was für das gefallene Jugoslawien noch kommen mochte.

Gegen Mitternacht war es kalt und still. Nur das ferne Heulen des Windes durch die kahlen Äste der Bäume war zu hören. Im Dorf herrschte Stille; die Bewohner hatten sich in ihre bescheidenen Häuser zurückgezogen, in der Hoffnung, dass die Dunkelheit eine schützende Decke über sie legen würde. Doch diese Nacht sollte keine Ruhe bringen. Sie brachte den Tod.

Es begann mit einem leisen Rascheln, das kaum jemand wahrnahm. Dann kamen die leisen Schritte, fast unhörbar im Schnee, die sich um das Dorf legten wie eine Schlinge. Die Tschetniks, faschistische Jugoslawen, die mit den Besatzern kollaborierten, hatten das Dorf umzingelt. Ihre Gesichter waren hart und entschlossen, ihre Augen kalt und unerbittlich. Hass, nichts als Hass trieb diese Menschen an. In ihren Händen hielten sie, Sprengstoff, moderne deutsche Gewehre und lange Messer, bereit, ihren grausamen Plan in die Tat umzusetzen.

Plötzlich brach die Stille. Ein lauter Schuss, dann Schreie. Die Tschetniks fielen über das Dorf her, brachen Türen auf und zogen die Bewohner aus ihren Häusern. Die Nacht erfüllte sich mit den Schreien der Überraschten, dem Heulen von Frauen und Kindern, die um Gnade flehten. Doch es gab keine Gnade. Die Tschetniks kannten keine Barmherzigkeit. Sie waren gekommen, um ein Exempel zu statuieren, und sie waren bereit, jeden zu töten, der sich ihnen in den Weg stellte.

Sanko und Branko waren von den Schreien geweckt worden. Ihr Vater hatte sie sofort gepackt und aus dem Bett gezerrt. "Lauft!", war alles, was er sagen konnte, bevor er aus dem Haus stürmte, um zu versuchen, ihre Mutter und Großmutter zu retten. Die Jungen folgten seinem Befehl, ihre Herzen rasten vor Angst und Schrecken. Sie wussten nicht, was geschah, aber sie verstanden, dass es um Leben und Tod ging.

Die Kälte schnitt wie ein Messer, als sie aus der Hintertür des Hauses in die Dunkelheit flohen. Hinter ihnen hörten sie die Schreie und das Aufblitzen von Gewehrfeuer. Sanko griff Brankos Hand, seine Augen vor Entschlossenheit und Panik weit geöffnet. "Komm, wir müssen weg!", rief er, seine Stimme zitternd. Die beiden rannten, ihre Füße wühlten den Schnee auf, hinterließen tiefe Spuren, die schnell von der Dunkelheit verschlungen wurden.

Die Bäume des Waldes nahmen sie auf, ihre Äste wie schützende Arme über ihnen. Doch die Kälte war erbarmungslos. Die Jungen liefen, bis ihre Lungen brannten und ihre Beine wie Blei wurden. Sie wagten nicht, stehen zu bleiben, aus Angst, dass die Tschetniks ihnen folgen könnten. Das Licht der brennenden Häuser flackerte noch lange in der Ferne.

Erst als sie tief im Wald waren, wagten sie einen Moment anzuhalten. Sanko ließ Brankos Hand los und beide keuchten, ihre Atemzüge stießen Wolken in die eisige Luft. "Was passiert da?", flüsterte Branko, seine Augen weit vor Angst. Sanko wusste es nicht genau, aber er verstand, dass sie allein waren. Ihre Familie, ihr Dorf – alles, was sie gekannt hatten, war in Flammen aufgegangen. Die Realität war brutal und unerbittlich.

"Wir müssen weiter" sagte Sanko schließlich, seine Stimme war ungewohnt rau. "Wir können nicht zurück. Sie werden uns töten." Die Worte waren hart, doch sie enthielten die bittere Wahrheit. Die Tschetniks würden keine Überlebenden dulden. Die Jungen mussten in den Wald fliehen, der ihnen Schutz und Zuflucht bieten konnte, auch wenn er kalt und erbarmungslos war.

Mit zitternden Gliedern und klopfenden Herzen machten sich die Brüder auf den Weg, tiefer in die eisigen Wälder. Ihre Füße traten vorsichtig über den gefrorenen Boden, während sie sich so leise wie möglich bewegten. Der Schnee knirschte unter ihren nackten Füßen, und die Dunkelheit um sie herum wurde dichter. Sie wussten nicht, wohin sie gingen, nur dass sie weiter mussten. Weg von der Gefahr, weg von den Schreien und den Toten, die sie zurückgelassen hatten. Die Kälte kroch durch ihre Kleidung, aber sie hielten zusammen, wie zwei verlorene Seelen, die in der Nacht Zuflucht suchten. Ihr Zuhause war verloren, doch sie hatten noch einander. Und das war alles, was sie in dieser finsteren Nacht retten konnte.

Der Morgen brach an, und das Licht der aufgehenden
Sonne spiegelte sich auf der glitzernden Schneedecke
wider. Eine weiße Hülle lag über der Landschaft, die
die Spuren der letzten Nacht verdeckte. Auf einer verschneiten Straße, die sich durch die hügelige Gegend
schlängelte, rollten deutsche Panzer II langsam voran.
Diese leichten Panzer, einst in den frühen Kriegsjahren
die Speerspitze der deutschen Blitzkriege, hatten ihre
Nützlichkeit andernorts längst verloren. Doch hier, im
unwegsamen Gelände des Balkans, fanden sie noch
ihren Nutzen. Ihre Ketten knirschten im Schnee, hinterließen tiefe Spuren und brachen die Stille des Morgens.

Hinter den Panzern marschierten junge Soldaten der
Wehrmacht in gleichmäßigen Reihen. Ihre Stiefel
knirschten im Takt auf dem gefrorenen Boden, ihre
MGs geschultert, und die eisige Luft füllte ihre Lungen.
Die meisten von ihnen waren erfahrene Veteranen, die
schon an der Ostfront gekämpft hatten. Nach dem un-
barmherzigen Kampf gegen die Sowjets, der brutalen
Kälte und dem allgegenwärtigen Tod, fühlte sich der
Einsatz auf dem Balkan fast wie ein Spaziergang an.
Hier gab es keine unendlichen Weiten der russischen
Steppe, keine gnadenlosen, fast tierischen Partisanen in
den tiefen Wäldern der Ukraine. Hier, in den ver-
gleichsweise milden Gefilden des Balkans, war der
Feind oft unsichtbar und selten stark genug, um einen
offenen Kampf zu wagen.

Leutnant Heiko Schmidt, ein Mann mittleren Alters
mit scharfem Blick und einer Narbe, die seine rechte
Wange zierte, führte den Trupp an. Er hatte in Stalin-
grad und in Afrika gekämpft, die Hölle durchlebt und
überlebt. Die Männer hinter ihm, viele noch keine
zwanzig Jahre alt, folgten ihm mit einer Mischung aus
Respekt und Kameradschaft. Für sie war dieser Einsatz

fast eine Erholung, eine Art Erholungspause vom
Schrecken des Ostens. Sie tauschten leise Witze aus,
ihre Gesichter entspannt, als ob sie einen gemütlichen
Spaziergang unternähmen und nicht auf einer glatten
Mordmission wären.

"Endlich mal ein bisschen Ruhe" murmelte einer der
Soldaten zu seinem Kameraden. "Keine endlosen Ge-
fechte, keine endlosen Gräben. Nur ein paar Partisanen,
die sich verstecken." Er grinste, seine Wangen von der
Kälte gerötet. "Das ist fast wie Urlaub hier."

Der andere lachte leise. "Ja, so könnte man es sehen.
Aber unterschätze sie nicht. Diese Partisanen kennen
das Gelände besser als wir unsere eigene Westentasche.
Sie sind gefährlich, auch wenn sie nicht ganz so kopflos
wie die Rote Armee auftreten."

Leutnant Schmidt hörte die Gespräche seiner Männer,
sagte aber nichts. Er wusste, dass eine lockere Stimmung die Moral hob. Dennoch blieb er wachsam. Er
wusste, dass die Ruhe trügerisch sein konnte. Die Partisanen waren gerissen und unberechenbar. Ein Hinterhalt konnte jederzeit lauern. Aber für den Moment genossen die Soldaten die vergleichsweise angenehme
Lage. Sie fühlten sich sicherer als an der Ostfront, wo
der Tod stets gegenwärtig war. Hier hatten sie das Gefühl, die Oberhand zu haben, und das gab ihnen eine
gewisse Leichtigkeit.

Die Kolonne bewegte sich weiter, die Panzer rollten
langsam über die schneebedeckte Straße, während die
Männer hinter ihnen marschierten. Die Sonne stieg hö-
her, tauchte die verschneiten Berge in ein goldenes
Licht. Es war ein seltener Moment des Friedens im
Krieg, ein Moment, den die Männer der Wehrmacht
auszukosten wussten, auch wenn sie wussten, dass es

jederzeit kippen konnte. Aber für jetzt, für diesen kurzen Augenblick, genossen sie die Ruhe, die der Balkan ihnen bot.

Sanko und Branko stapften durch das tiefe Weiß, jeder Schritt ein Kraftakt in der dünnen, eisigen Luft des Gebirges. Sie waren die ganze Nacht hindurch gelaufen, sich nur selten getraut, anzuhalten und zu ruhen. Die Kälte hatte ihre Glieder steif gemacht, und der Hunger nagte an ihren Eingeweiden, doch sie wussten, dass sie keine andere Wahl hatten, als weiterzugehen.

Der Wald, in dem sie Zuflucht gesucht hatten, lag nun hinter ihnen. Hier oben im Gebirge war die Landschaft karger, die Bäume dünner und vereinzelt. Die Stille war fast greifbar, nur unterbrochen vom leisen Knirschen des Schnees unter ihren Füßen und dem entfernten Ruf eines Adlers, der über den Gipfeln kreiste. Die Brüder trugen die wenigen Habseligkeiten, die sie hatten retten können, in kleinen Bündeln auf ihren Rücken. Ihre Gesichter waren von der Kälte gerötet, und ihre Augen waren müde, aber entschlossen.

"Wir müssen einen Unterschlupf finden" sagte Sanko mit rauer Stimme und blickte auf die schroffen Felsen vor ihnen. "Die Nächte hier oben sind zu kalt, um im Freien zu bleiben." Er hielt inne und wischte sich mit dem Ärmel über die Stirn, wo sich Schweiß trotz der Kälte gesammelt hatte. Branko nickte stumm, seine Lippen bläulich vor Kälte. Er wusste, dass sein älterer Bruder Recht hatte, aber die Erschöpfung machte es schwer, einen klaren Gedanken zu fassen.

Sie kämpften sich weiter voran, Schritt für Schritt, die eisige Brise peitschte ihnen ins Gesicht. Jeder Atemzug schmerzte in ihrer Brust, die Luft war so dünn, dass es fast unmöglich schien, genug Sauerstoff zu bekommen. Doch sie kämpften weiter. Sie mussten es schaffen, einen sicheren Ort zu finden, bevor die Nacht hereinbrach. Die Erinnerung an die Schrecken der letzten Nacht und die Gewissheit, dass sie nichts mehr hatten außer einander, trieb sie weiter.

Nach Stunden des mühsamen Aufstiegs entdeckte Sanko schließlich einen kleinen Felsvorsprung, unter dem der Schnee nicht ganz so dicht lag. "Dort, schau“, sagte er und deutete mit einem Nicken auf die Stelle. Es war kein idealer Unterschlupf, aber es würde sie vor dem schlimmsten Wind schützen und ihnen eine kurze Atempause verschaffen. Branko nickte stumm, zu erschöpft, um zu sprechen. Sie kletterten hinauf, ihre Hände und Füße arbeiteten mechanisch, angetrieben von der bloßen Notwendigkeit.

Unter dem Felsvorsprung ließen sie sich schwer auf den Boden sinken. Sanko sah zu seinem Bruder hinüber, der erschöpft die Augen geschlossen hatte, seine Brust hob und senkte sich in unregelmäßigen Atemzügen. Sanko zog sein Bündel näher an sich und öffnete es, in der Hoffnung, dass sie noch etwas Essbares darin finden würden. Ein Stück hartes Brot und etwas getrocknetes Fleisch – es war nicht viel, aber es würde ihnen die nötige Kraft geben, um weiterzumachen.

"Iss etwas, Branko," sagte Sanko sanft, und drückte seinem Bruder das Brot in die Hand. Branko öffnete die Augen, ein schwaches Lächeln huschte über sein Gesicht, bevor er das Brot langsam zu essen begann. Das harte, trockene Brot kratzte in ihrem Hals, aber es war besser als nichts. Die Stille um sie herum war erdrückend, aber sie bot auch eine seltsame Form von Trost. Hier oben, weit weg von den brennenden Ruinen ihres

Dorfes und den Schreien ihrer Familie, konnten sie für einen Moment vergessen, was sie verloren hatten.

Sanko lehnte sich zurück gegen den kalten Felsen und starrte in den wolkenlosen Himmel. Die Realität ihrer Situation war hart, doch inmitten des Gebirges, unter dem endlosen Himmel, spürte er auch eine seltsame Freiheit. Sie waren am Leben, sie hatten einander, und solange sie das hatten, gab es noch Hoffnung. "Wir schaffen das, Branko", sagte er schließlich leise, mehr zu sich selbst als zu seinem Bruder. "Wir müssen einfach durchhalten."

Die Dunkelheit legte sich langsam über die Berge, als die Brüder schließlich ihren Unterschlupf verließen und sich weiter durch das zerklüftete Gelände bewegten. Der Wind hatte sich gelegt, und der klare Nachthimmel war übersät mit Sternen, die in der Kälte funkelten. Sanko und Branko waren erschöpft, doch sie drängten sich weiter, immer tiefer in die Berge hinein. Plötzlich, als sie eine Anhöhe erreichten, hielt Sanko inne. Er kniff die Augen zusammen und starrte in die Ferne.

"Was ist das?" flüsterte Branko, als er den besorgten Blick seines Bruders bemerkte.

"Dort unten" antwortete Sanko leise, seine Stimme kaum mehr als ein Hauch. "Schau."

Unter ihnen lag ein kleines Dorf, das in einem friedlichen Tal eingebettet war. Von ihrer erhöhten Position aus konnten die Brüder die schmalen Straßen und die wenigen Lichter erkennen, die aus den Fenstern der Häuser drangen. Doch es war nicht das friedliche Bild des Dorfes, das Sankos Aufmerksamkeit erregt hatte. Es war das unheilvolle Dröhnen, das den Nachthimmel durchdrang.

Plötzlich brach das Dröhnen in einen ohrenbetäubenden Lärm aus. Ein Schwarm deutscher Flugzeuge, erkennbar an ihren charakteristischen Silhouetten, tauchte aus der Dunkelheit auf. JU88! Ihre Motoren brüllten über das Tal hinweg, und in der nächsten Sekunde erhellten helle Blitze den Himmel, als die ersten Bomben abgeworfen wurden. Die Explosionen fauchten durch die Stille der Nacht, und das Dorf unter ihnen wurde in ein Meer aus Feuer und Rauch getaucht.

Branko schnappte nach Luft und griff instinktiv nach Sankos Arm. "Gott, sie bombardieren das Dorf!"

Sanko zog seinen Bruder näher an sich, als eine weitere Welle von Explosionen durch das Tal donnerte. Die Flammen breiteten sich schnell aus, verzehrten die Holzhäuser, die wie Streichhölzer in der Glut aufgingen. Die Luft war erfüllt vom Grollen der Explosionen und dem knisternden Geräusch brennender Gebäude. Rauch stieg in dichten Säulen in den Himmel, während das Dorf unter ihnen in Flammen stand.

Von ihrer Position aus konnten die Brüder nur zusehen, machtlos angesichts der Zerstörung, die sich vor ihren Augen abspielte. Der Angriff war kurz und brutal, ein gnadenloser Schlag, der das Dorf in wenigen Minuten in Schutt und Asche legte. Die Flugzeuge drehten schließlich ab, verschwanden wieder in der Dunkelheit, und ließen nur das Chaos zurück, das sie angerichtet hatten.

"Warum... warum tun sie das?" stammelte Branko, seine Stimme brach, während Tränen in seinen Augen aufstiegen. Er konnte nicht verstehen, warum solche Gewalt gegen unschuldige Menschen gerichtet wurde. Er dachte an ihr eigenes Dorf, an das, was sie verloren hatten, und das Bild der brennenden Häuser schnitt tief in sein Herz.

Sanko schwieg eine Weile, seine Augen blieben auf das zerstörte Dorf gerichtet, das nun im Licht der Flammen düster glühte. "Weil sie Angst haben," antwortete er schließlich mit gepresster Stimme. "Weil sie glauben, dass das Töten sie sicherer macht. Aber es wird sie nicht retten. Es wird nur mehr Hass säen."

Die Brüder standen noch eine Weile da, starrten auf das brennende Tal, bis die Flammen allmählich schwächer wurden und die Stille der Nacht zurückkehrte. Es gab nichts, was sie tun konnten, nichts, was die Zerstörung ungeschehen machen könnte. Aber sie wussten, dass sie weiterleben mussten, dass sie den Willen finden mussten, weiterzukämpfen – nicht nur für sich selbst, sondern für all jene, die unter der Last dieses Krieges litten.

"Komm, Branko," sagte Sanko schließlich und legte seinem Bruder einen Arm um die Schultern. "Wir müssen weiter. Hier gibt es nichts mehr für uns."

Die Brüder wandten sich von dem zerstörten Dorf ab und machten sich wieder auf den Weg, tiefer in die Berge hinein. Die Kälte der Nacht umfing sie, doch sie spürten die Hitze des Zorns in ihren Herzen. Der Krieg hatte ihnen alles genommen, aber er konnte ihnen nicht den Mut nehmen, weiterzugehen. Und so gingen sie, Schritt für Schritt, auf der Suche nach einem neuen Morgen.

Der Morgen dämmerte über dem verschneiten Wald,
als die deutschen Truppen ihren Vormarsch fortsetzten.
Die Baumkronen ragten hoch und dicht über ihnen auf,
ein dichter, dunkler Schirm, der das Licht dämpfte und
die Atmosphäre noch bedrohlicher machte. Die Panzer
II, die am Tag zuvor die Straßen entlanggerollt waren,
hatten hier keinen Nutzen mehr – das Terrain war zu
unwegsam, die Bäume zu dicht. Stattdessen bewegten
sich die Soldaten nun zu Fuß, ihre Gewehre bereit, ihre
Augen wachsam.

Leutnant Schmidt führte die Kolonne, seine Hand
ruhte auf dem Griff seiner MP. Die Landser hinter ihm
waren angespannt, die lockere Stimmung vom Vortag
war verschwunden. Sie wussten, dass sie sich nun in
feindlichem Gebiet befanden, tief im Wald, wo die Tito-
Partisanen ihre Stellungen hatten. Diese Männer waren
keine gewöhnlichen Soldaten; sie kämpften nicht für
Ruhm oder Ehre, sondern für ihre Heimat, für ihre Freiheit. Und sie kannten den Wald besser als jeder andere.

Die Stille war fast unerträglich, unterbrochen nur vom
Knirschen der Knobelbecher auf dem gefrorenen Boden
und dem gelegentlichen Rascheln in den Bäumen. Jeder
wusste, dass die Partisanen zuschlagen würden – die
Frage war nur, wann und wo. Die Männer rückten weiter vor, ihre Augen suchten die Umgebung ab, die Finger am Abzug.

Schließlich erreichten sie eine Lichtung, die von hohen
Felsen umgeben war. In der Mitte der Lichtung stand
eine alte, verfallene Festung, kaum mehr als eine Ruine,
doch sie hatte eine strategische Bedeutung. Die Partisanen hatten sie als Versteck genutzt, ein Unterschlupf
tief im Herzen des Waldes, geschützt vor den Bomben-
angriffen und dem Blick der Luftaufklärung.

Leutnant Schmidt hob die Hand, und die Kolonne hielt an. Die Männer duckten sich hinter den Bäumen und Felsen, ihre Gewehre auf die Fenster der Festung gerichtet. Schmidt schätzte die Situation ab, seine Augen wanderten über die Ruine, suchten nach Anzeichen von Bewegung. Doch nichts rührte sich. Es war, als hätte der Wald den Atem angehalten.

"Vorwärts", befahl Schmidt leise, und die Männer setzten sich in Bewegung, vorsichtig, jeder Schritt bedacht. Sie näherten sich der Festung, die Spannung stieg mit jedem Meter. Plötzlich brach die Stille.

Schüsse krachten aus den oberen Stockwerken der Festung, und die deutschen Soldaten warfen sich sofort zu Boden, suchten Deckung hinter Felsen und Baumstämmen. Das Knattern von Maschinengewehren erfüllte die Luft, und die Kugeln pfiffen durch die Bäume. Die Partisanen hatten auf sie gewartet, und jetzt eröffneten sie das Feuer aus ihren versteckten Stellungen in den Ruinen.

"Feuer frei!" brüllte Schmidt, und die deutschen Soldaten erwiderten das Feuer, ihre Gewehre blitzten auf, als sie versuchten, die Schützen in der Festung auszuschalten. Doch die Partisanen kannten das Gelände besser, sie wussten, wo sie sich verstecken mussten, und ihre Positionen waren gut gewählt. Immer wieder flammten Mündungsfeuer aus den Schießscharten auf, und die deutschen Soldaten kämpften darum, Boden gutzumachen. Handgranaten flogen!

Ein erster Trupp stürmte vor, suchte Deckung hinter einem niedrigen Mauerrest und eröffnete das Feuer auf die Fenster im ersten Stock der Festung. Granaten wurden in die offenen Fenster geworfen, gefolgt von ohrenbetäubenden Explosionen, die den alten Stein erbeben ließen. Splitter und Staub füllten die Luft, und die Schreie von Verletzten hallten durch den Wald.

Leutnant Schmidt spähte durch das Zielfernrohr seines Karabiners, als er einen Partisanen aus einem Fenster auftauchen sah. Mit ruhiger Hand zielte er, hielt den Atem an und drückte ab. Der Partisan stürzte nach hinten, getroffen, und verschwand aus dem Sichtfeld. Doch es waren noch viele mehr, die sich in den dunklen Ecken der Ruine versteckten, bereit, bis zum letzten Atemzug zu kämpfen.

Ein weiterer Trupp deutscher Soldaten näherte sich einem Seiteneingang der Festung, versuchte, eine Bresche zu schlagen, um in das Innere vorzudringen. Sie warfen eine Sprengladung an die Tür, die mit einem ohrenbetäubenden Knall zerbarst. Rauch stieg auf, und die Soldaten stürmten in das Gebäude, ihre Gewehre im Anschlag.

Drinnen war der Kampf noch heftiger. Die Gänge der Festung waren eng, und die Partisanen kämpften aus nächster Nähe, nutzten jeden Winkel, jede Nische, um Widerstand zu leisten. Es war ein brutaler Nahkampf, Mann gegen Mann, in den engen, dunklen Korridoren. Die Schreie der Verwundeten und Sterbenden hallten durch die Mauern, vermischt mit dem ständigen Lärm von Schüssen und explodierenden Granaten.

Doch die deutschen Soldaten waren in der Überzahl, und langsam, aber sicher, drängten sie die Partisanen zurück, Raum um Raum. Der Widerstand war erbittert, doch die Deutschen waren auch 1943 noch immer besser ausgerüstet und ausgebildet. Schließlich verstummte das Feuer, und die letzten überlebenden Partisanen wurden entweder gefangen genommen oder getötet. Der Rauch hing schwer in der Luft, und das Innere der

Festung war von Trümmern übersät, die einstigen Verteidiger lagen still auf dem blutgetränkten Boden.

Leutnant Schmidt trat hinaus auf die Lichtung, die Luft war kalt und klar, als er die Festung betrachtete, die nun in ihren Händen war. Es war ein harter Kampf gewesen, ein weiterer blutiger Sieg in einem Krieg, der kein Ende zu nehmen schien. Doch tief in seinem Inneren wusste er, dass dies nur ein weiterer Schritt in einem endlosen Kreislauf von Gewalt war. Der Wald würde wieder Partisanen hervorbringen, und die Festung, so zerfallen und verwüstet sie auch war, würde eines Tages wieder zum Zufluchtsort werden.

"Sichert das Gebiet", befahl er schließlich, seine Stimme klang müde. Die Soldaten nickten und begannen, die Stellung zu befestigen. Es würde nicht lange dauern, bis die nächsten Befehle kamen, bis sie wieder losziehen mussten, um den nächsten Kampf auszutragen. Für jetzt jedoch, in dieser kurzen, bedrückenden Stille, konnten sie nur das Ausmaß des Todes und der Zerstörung um sich herum wahrnehmen und sich auf die kommenden Stunden vorbereiten.

Auch ihm selbst war nicht ganz wohl als Leutnant Schmidt später seine neuen Befehle über das Funkgerät an die Panzerkommandanten durchgab. Der kalte Wind pfiff durch die Schlucht, die sich tief in den Bergen eingegraben hatte. In ihrem Herzen, geschützt von steilen Felswänden und dichten Wäldern, lag das kleine Kraftwerk, das die Partisanen besetzt hatten. Die Anlage war von strategischer Bedeutung; sie versorgte die umliegenden Gebiete mit Strom und diente als Knotenpunkt für die Partisanenbewegungen in der Region.

Schmidt wusste, dass sie es um jeden Preis zurücker-
obern mussten.

Vor ihm standen die Panzer II bereit, die Kanonen auf
das Kraftwerk gerichtet. Diese Panzer, die einst an den
Fronten von Frankreich und Polen gefürchtet waren,
hatten längst ihre Überlegenheit verloren, doch hier, in
der Enge der Schlucht, waren sie immer noch tödlich.
Ihre dünne Panzerung war kaum ein Hindernis für moderne Panzerabwehrwaffen, aber gegen die improvisierten Verteidigungsstellungen der Partisanen sollten
sie ausreichen.

"Alle Einheiten bereitmachen!" befahl Schmidt laut,
seine Stimme wurde vom Echo der Schlucht zurückge-
worfen. Die Panzerfahrer bestätigten den Befehl, und
die Maschinen setzten sich langsam in Bewegung.

Schmidt beobachtete, wie die Panzer sich vorwärts bewegten, die Geschütze bereit, das Feuer zu eröffnen.
"Sobald die Panzer den Angriff beginnen, folgen wir",
sagte er zu seinen Männern, die in Deckung hinter den
Felsen auf ihren Einsatz warteten. "Wir drängen sie zurück, bis wir das Gebäude gesichert haben. Keine Gefangenen." Die Soldaten nickten, ihre Gesichter angespannt und konzentriert. Sie wussten, dass es ein harter
Kampf werden würde.

Plötzlich erschütterten die ersten Explosionen die
Luft, als die Panzer mit ihren Maschinenkanonen das
Feuer eröffneten. Die Hauptgeschütze spuckten Feuer,
und die Granaten schlugen mit donnerndem Krachen
in die Mauern des Kraftwerks ein. Teile der Betonwän-
de brachen auseinander, und Rauch stieg in dicken
Schwaden in den Himmel. Die Partisanen in der Festung erwiderten das Feuer, doch ihre Schüsse prallten

meist wirkungslos an den Panzern ab, die unaufhaltsam näher rückten.

Die Panzer fuhren weiter, unbeeindruckt von den vereinzelten Kugeln, die von den Partisanen abgefeuert wurden. Ihre Kanonen feuerten in rascher Abfolge, während sie sich dem Kraftwerk näherten. Die Erde bebte unter der Wucht der Explosionen, und die Luft war erfüllt vom Lärm des Krieges. Jede Granate, die die Panzer abfeuerten, riss weitere Löcher in die Mauern des Gebäudes, und die Partisanen, die darin Schutz gesucht hatten, wurden gezwungen, sich zurückzuziehen oder sich in den unteren Stockwerken zu verstecken.

"Los jetzt!" rief Schmidt, als er sah, dass die Panzer die erste Verteidigungslinie der Partisanen durchbrochen hatten. Die Infanterie stürzte sich vorwärts, die Gewehre im Anschlag, während die Panzer weiterhin das Feuer deckten. Die Soldaten rannten durch den Rauch, ihre Schritte schwer und entschlossen, während sie auf das zerfallende Kraftwerk zustürmten.

Der Widerstand der Partisanen war verzweifelt, aber unkoordiniert. Von den Panzern und der Infanterie eingekreist, kämpften sie in kleinen Gruppen, versuchten, die Angreifer mit ihren wenigen verbleibenden Waffen aufzuhalten. Doch die deutsche Übermacht war zu stark. Schmidt führte seine Männer durch das Chaos, sie drangen in das Gebäude ein, die Gewehre auf jedes Geräusch und jede Bewegung gerichtet.

Im Inneren des Kraftwerks herrschte dann wieder ein brutaler Nahkampf. Die engen Gänge und verwinkelten Räume boten wenig Deckung, und jeder Raum musste hart erkämpft werden. Die Deutschen gingen methodisch vor, Raum für Raum, und trieben die Partisanen immer weiter zurück. Schließlich verstummten die Schüsse, und das letzte Aufbäumen des Widerstands wurde niedergeschlagen.

Schmidt trat hinaus auf die Ruine des Kraftwerks, seine Uniform war von Schmutz und Ruß bedeckt, und der Rauch brannte in seinen Augen. Er blickte sich um, sah die Zerstörung, die sie angerichtet hatten, die toten Körper der Partisanen, die zwischen den Trümmern lagen. Die Luft war schwer von dem Geruch verbrannten Betons und verschmorten Metalls. Sein Blick blieb an einem Panzermann hängen der gerade aus seiner Turmluke kam, in seinem Gesicht sah man das nackte Grauen.

"Gebt dem Funker Bescheid", sagte er schließlich zu einem seiner Unteroffiziere. "Teilt dem Hauptquartier mit, dass das Kraftwerk gesichert ist."

Die Panzer rollten langsam zurück, ihre Kanonen rauchten noch, als sie sich von den Ruinen des Kraftwerks entfernten. Die Infanterie sicherte das Gebiet, stellte eilig Wachen auf und bereitete sich auf das Unvermeidliche vor – den nächsten Angriff, den nächsten Kampf, der sicher kommen würde. Schmidt blieb einen Moment länger stehen, sein Blick wanderte über das zerstörte Gebäude, und ein schwerer Seufzer entwich ihm.

Die Sonne war bereits hinter den schneebedeckten Gipfeln der Berge verschwunden, als Sanko und Branko endlich das geheime Quartier der Partisanen erreichten. Der Aufstieg hatte ihnen alles abverlangt. Sie waren erschöpft, ihre Kleidung zerrissen, ihre Gesichter schmutzig und von Kälte gerötet. Doch in ihren Augen brannte eine Entschlossenheit, die selbst die eisigen Winde der Berge nicht auslöschen konnten.

Das Quartier lag gut versteckt in einer natürlichen Höhle, tief im Herzen des Gebirges. Tarnnetze und Felsen verdeckten den Eingang, und nur die Eingeweihten wussten, wie man den schmalen Pfad fand, der zu dieser Festung im Verborgenen führte. Drinnen, in der wärmenden Sicherheit der Höhle, herrschte emsige Betriebsamkeit. Männer und Frauen, bewaffnet und in dicke Mäntel gehüllt, arbeiteten an Karten, überprüften Ausrüstung oder wärmten sich an kleinen Feuern auf den Suppe brodelte. Hier war das Herz des Widerstands, der Ort, von dem aus die Schläge gegen die verhassten Besatzer geplant wurden.

Die Brüder standen unsicher am Eingang der Höhle und wurden von neugierigen Blicken gemustert. Ein Partisan, ein breitschultriger Mann mit wettergegerbtem Gesicht und finsterem Blick, trat auf sie zu. "Was wollt ihr hier?" fragte er schroff, seine Augen musterten sie von oben bis unten. "Das hier ist kein Platz für Kinder."

"Wir sind nicht nur hier, um uns zu verstecken," antwortete Sanko fest und trat einen Schritt vor. "Wir wollen kämpfen. Wir wollen uns euch anschließen."

Der Partisan, der offenbar so etwas wie ein Anführer war, hob eine Augenbraue und lachte trocken. "Kämpfen? Ihr beiden? Ihr seht aus, als würde euch der erste Schuss aus den Schuhen hauen." Ein paar der anderen Männer in der Nähe lachten mit, und Branko biss sich auf die Lippen, um nicht etwas Unbedachtes zu sagen.

"Wir haben unser Dorf verloren", sagte Sanko mit erhobener Stimme, um sich Gehör zu verschaffen. "Die

Tschetniks haben unsere Familie ermordet. Wir sind durch den Wald geflohen, wir haben alles hinter uns gelassen. Wir wollen nicht länger weglaufen – wir wollen kämpfen, so wie ihr."

Die Höhle wurde still, als Sanko sprach, und die Partisanen um sie herum hörten auf zu lachen. Der Anführer betrachtete die Jungen nun mit ernsterem Blick. "Das mag sein, „ sagte er schließlich, "aber das hier ist kein Kinderspiel. Hier draußen geht es ums Überleben, und nicht jeder, der sich uns anschließt, hält das aus. Wir brauchen Männer, die kämpfen können, die wissen, was sie tun. Nicht zwei Halbwüchsige, die aus Rache handeln wollen."

Branko, der bisher geschwiegen hatte, trat nun vor. "Ihr habt Recht", sagte er leise, aber bestimmt. "Wir sind jung, und wir wissen nicht, was uns erwartet. Aber wir haben nichts mehr zu verlieren. Wenn ihr uns eine Chance gebt, werden wir uns beweisen. Lasst uns etwas tun, das zählt, statt nur zu versuchen zu überleben."

Es war diese einfache Ehrlichkeit, die den Anführer innehalten ließ. Einen Moment lang sah er die Jungen schweigend an, als würde er das Gewicht ihrer Worte abwägen. Dann nickte er langsam. "Gut", sagte er schließlich. "Ihr werdet nicht mit Samthandschuhen angefasst. Wenn ihr hier bleiben wollt, müsst ihr hart arbeiten und lernen, was es bedeutet, ein Partisan zu sein. Wir sind hier alle gleich – also beweist, dass ihr es wert seid, mit uns zu kämpfen. Andernfalls könnt ihr gerne verhungern."

Er wandte sich einem der älteren Partisanen zu, einem Mann mit grauem Bart und scharfen Augen. "Branko und Sanko gehören jetzt zu uns," sagte er und deutete auf die Brüder. "Nehmt sie mit und zeigt ihnen, was zu tun ist. Lasst sie spüren, wie hart das Leben hier wirklich ist."

Der alte Partisan nickte knapp und bedeutete den Brüdern, ihm zu folgen. Sanko und Branko tauschten einen schnellen Blick aus, eine Mischung aus Erleichterung und Nervosität, bevor sie ihm hinterhergingen. Die Blicke der anderen Partisanen folgten ihnen, manche skeptisch, manche mit einem Anflug von Respekt. Es war klar, dass sie sich ihren Platz hier erst noch verdienen mussten.

Als sie tiefer in die Höhle geführt wurden, vorbei an Vorratslagern, provisorischen Schlafplätzen und dem Hauptquartier, wo wohl neue Pläne geschmiedet wurden, fühlten die Brüder die Schwere ihrer Entscheidung. Doch trotz der Müdigkeit und der Angst spürten sie, dass dies der erste Schritt auf einem neuen Weg war – ein Weg, der sie vielleicht an den Rand des Todes führen würde, aber auch ein Weg, der ihnen die Möglichkeit gab, für etwas Größeres zu kämpfen. Sie waren bereit, alles zu geben, um den Menschen, die sie verloren hatten, gerecht zu werden.

Leutnant Schmidt stand hinter den Stahlkolossen der Sturmgeschütz III und beobachtete das Schlachtfeld mit kaltem, berechnendem Blick. Die dicken Rohre der Stugs waren auf den kleinen Ort gerichtet, der in der Talsohle lag, nur ein paar Hundert Meter entfernt. Rauchschwaden hingen in der Luft, und das Dröhnen der Kanonen erfüllte die Umgebung, als die ersten Granaten in die Reihen der Partisanen einschlugen.

Die Panzer II hatten in den Kämpfen der letzten Tage ihre Grenzen erreicht – ihre leichte Bewaffnung und

Panzerung reichten nicht mehr aus gegen die zunehmend verzweifelten und gut versteckten Partisanen. Jetzt, mit den Sturmgeschützen III, hatten Schmidt und seine Männer ein viel tödlicheres Werkzeug zur Hand. Die schweren Geschosse, die diese Fahrzeuge abfeuerten, zerschmetterten die Mauern und Barrikaden, hinter denen sich die Partisanen versteckten, mit verheerender Präzision.

"Feuer!" brüllte Schmidt in sein Funkgerät, und sofort donnerten die Stugs erneut. Die Granaten schlugen mit tödlicher Genauigkeit ein, zerfetzten Wände und ließen die bescheidenen Hütten des Ortes in einem Chaos aus Schutt und Staub zusammenbrechen. Die Partisanen, die im Dorf verblieben waren, hatten wenig, womit sie sich wehren konnten. Einige von ihnen warfen verzweifelt Steine und Molotowcocktails gegen die Sturmgeschütze, doch diese primitive Verteidigung war gegen die massiven Panzerungen der Stugs wirkungslos, die Bord-MGs dezimierten die Angreifer gnadenlos.

Schmidt konnte sehen, wie die Partisanen in Panik versuchten, den Stugs zu entkommen, einige rannten in die umliegenden Wälder, andere suchten verzweifelt Deckung in den Ruinen des Dorfes. Doch die Deutschen waren gnadenlos. Die Sturmgeschütze rückten langsam vor, feuerten weiter aus nächster Nähe auf die verbleibenden Widerstandsnester. Es war ein Gemetzel – die Partisanen, tapfer, aber schlecht ausgerüstet, hatten keine Chance gegen die überlegene Feuerkraft.

Ein junger Partisan, kaum älter als Branko oder Sanko, stand auf dem Dach eines halb zerstörten Hauses und schleuderte einen großen Stein auf das nächste Sturmgeschütz. Der Stein prallte nutzlos gegen die Stahlplatte des Panzers, und Sekunden später explodierte eine Granate direkt unter ihm, schleuderte ihn in die Luft und ließ das Haus in einem Hagel aus Trümmern zusammenbrechen.

Schmidt beobachtete die Szene, ohne eine Miene zu verziehen. Dies war Krieg, dachte er, kalt und gnadenlos. Es war nicht seine Aufgabe, Mitleid zu empfinden – sein Befehl war klar, und die Partisanen mussten ausgelöscht werden, um die Ordnung in diesem von Konflikten zerrissenen Land wiederherzustellen. Jeder Widerstand musste gebrochen werden, und er würde sicherstellen, dass seine Männer diesen Befehl ausführen.

"Vorrücken!" befahl er, als die Stugs ihre nächste Salve vorbereiteten. Die Infanterie setzte sich in Bewegung, die Gewehre im Anschlag, bereit, die Überlebenden zu beseitigen und das Dorf vollständig zu sichern. Die Deutschen waren entschlossen, keinen der Partisanen entkommen zu lassen. Sie würden jeden Winkel durchsuchen, jede Ruine durchkämmen, bis auch der letzte Widerstand ausgelöscht war.

Schmidt konnte das Rattern der Ketten hören, das sich mit den Schreien der Verwundeten und dem Donner der Kanonen mischte. Es war ein Klang, der ihm vertraut war, einer, den er an vielen Fronten gehört hatte. Doch hier, in diesem kleinen Ort, weit weg von den großen Schlachten, fühlte es sich besonders gnadenlos an. Diese Menschen, dachte er, hatten alles verloren und kämpften nun verzweifelt um ihr nacktes Überleben – doch gegen den deutschen Kriegseifer und die gepanzerten Stugs hatten sie keine Chance.

Ein letzter Schuss hallte durch die Luft, und dann war Stille. Das Dorf lag in Trümmern, nur noch Ruinen und Rauch stiegen in den klaren Winterhimmel auf. Die Infanterie rückte weiter vor, durchkämmte die zerstörten Gebäude, aber es war klar, dass der Widerstand gebrochen war. Die Partisanen, die nicht gefallen waren, hatten sich in die Wälder zurückgezogen oder waren unter den Trümmern begraben.

Schmidt senkte sein Fernglas und straffte die Schultern. Der Einsatz war abgeschlossen, das Dorf gesichert – aber er wusste, dass es nur eine Frage der Zeit war, bis sie erneut auf Widerstand stoßen würden.

"Stellt sicher, dass das Gebiet gesichert ist," befahl er seinen Männern, während er sich von dem zerstörten Ort abwandte. "Wir marschieren weiter. Das hier war nur ein kleiner Sieg, aber wir werden ihn nutzen." Er wusste, dass seine Männer die Befehle ausführen würden, ohne zu zögern. Sie hatten einen langen Weg hinter sich und noch einen viel längeren vor sich – doch für jetzt hatten sie gewonnen, und das war alles, was zählte.

General Jürgensen stand vor der großen Karte, die an der Wand des Bunkers hing, und deutete mit einem Stock auf die verschiedenen Markierungen. Seine Stimme war ruhig, aber entschlossen, während er die nächsten Schritte gegen die Partisanen diskutierte. Um ihn herum saßen die Offiziere seines Stabes, die Köpfe über den Tisch gebeugt, während sie Notizen machten und Jürgensens Anweisungen aufmerksam lauschten. Der Raum war von einer angespannten Stille erfüllt, nur das leise Kratzen von Stiften auf Papier war zu hören.

"Wir werden die Versorgungslinien weiter absichern und die Patrouillen verstärken", erklärte Jürgensen, seine Augen fest auf die Karte gerichtet. "Die Partisanen sind gut organisiert, aber sie sind auf schnelle Schläge angewiesen. Wenn wir ihre Bewegungen einschränken, können wir sie ausmanövrieren und ihre Unterstützung in der Bevölkerung schwächen."

Ein zustimmendes Murmeln ging durch die Runde, als plötzlich das Dröhnen von Flugzeugmotoren in der Ferne zu hören war. Jürgensen hielt inne und blickte irritiert zur Decke, während die anderen Offiziere nervös die Köpfe hoben. Das Geräusch kam näher, wurde lauter, und der Boden begann leicht zu vibrieren.

"Was zum Teufel...?" begann einer der Offiziere, doch bevor er den Satz beenden konnte, ertönte ein ohrenbetäubendes Krachen. Der Bunker erzitterte, Staub rieselte von der Decke, und die Glühbirnen über ihnen flackerten bedrohlich. Eine Explosion, gefolgt von mehreren weiteren, ließ den Boden beben.

"Luftangriff!" rief jemand, und der Raum geriet in Aufruhr. Stühle wurden umgestoßen, Offiziere griffen nach ihren Helmen und versuchten, die Übersicht zu bewahren. Die Wände des Bunkers schienen sich unter dem Druck der Detonationen zu verbiegen, während draußen die Bomben einschlugen, eine nach der anderen, in schneller Abfolge.

Jürgensen, trotz der plötzlichen Panik, blieb erstaunlich ruhig. "Bleiben Sie an Ihren Positionen!" befahl er laut über den Lärm hinweg, seine Stimme scharf und entschlossen. "Wir müssen die Ordnung aufrechterhalten!" Doch es war klar, dass der Luftangriff, unerwartet und heftig, den gesamten Stab aus dem Gleichgewicht gebracht hatte.

Eine weitere Explosion ließ die Wände beben, und ein Teil der Decke brach ein, Staub und Trümmer fielen auf den Besprechungstisch. Jürgensen duckte sich instinktiv, während seine Offiziere hastig versuchten, sich in

Sicherheit zu bringen. Die Karten und Dokumente, die
sie eben noch so konzentriert studiert hatten, wurden
von der Druckwelle in alle Richtungen geschleudert.

Der General stieß die schweren Stahltüren des Bespre-
chungsraums auf und führte seine Männer in den Flur
hinaus, wo der Lärm der Bomber noch intensiver war.
Das Dröhnen der Motoren über ihnen war fast ohrenbetäubend, und das Kreischen der Sirenen schnitt durch
die Luft. Der Bunker, so massiv er auch war, schien unter der Wucht des Angriffs zu ächzen.

"Wir müssen zum Befehlsstand!" rief Jürgensen, während er durch den Flur eilte. "Alle verfügbaren Einheiten mobilisieren und die Flugabwehr verstärken!" Doch
er wusste, dass der Schaden bereits angerichtet war –
der Angriff hatte sie überrascht und ihre Pläne zumin-
dest für den Moment durcheinandergebracht.

Draußen, über der Festung, stürzten die britischen
Bomber in Formation herab, ihre Bombenluken geöffnet. Die Flakstellungen am Boden feuerten hektisch in
den Himmel, doch die Maschinen kamen in niedriger
Höhe heran, ihre Bomben trafen mit tödlicher Präzision. Gebäude gingen in Flammen auf, Rauch stieg in dicken Säulen auf, und der Lärm war ohrenbetäubend.

Als Jürgensen und seine Offiziere endlich den Befehlsstand erreichten, war die Lage chaotisch. Telefonleitun-
gen waren gekappt, Kommunikation fast unmöglich,
und die Verbindung zum Hauptquartier unterbrochen.
Der Angriff war ein Schlag ins Gesicht der Deutschen –
eine Demonstration der britischen Luftüberlegenheit
und eine Erinnerung daran, dass der Krieg längst nicht
gewonnen war.

Jürgensen, nun mit einem kleinen Funksender in der Hand, versuchte, einen Überblick zu gewinnen. "Richten Sie die Kommunikation wieder ein!" befahl er laut und entschlossen, während der Boden unter ihnen weiterhin zitterte. Er wusste, dass dies kein einfacher Tag werden würde, aber er war entschlossen, die Situation unter Kontrolle zu bringen – wie auch immer.

Der Luftangriff dauerte nur wenige Minuten, doch er hinterließ eine Spur der Zerstörung. Als die Bomber schließlich abzogen und der Lärm nachließ, blieb der Bunker in gespenstischer Stille zurück. Leutnant Schmidt stand am Rand eines dichten Waldstücks, die Augen auf das unwegsame Gelände vor ihm gerichtet. Sein Atem bildete kleine Wolken in der kalten Luft, während er durch das Fernglas die Bewegung der Partisanen beobachtete. Seit Stunden jagten sie die Widerstandskämpfer durch die Berge, trieben sie immer tiefer in das unwegsame Terrain. Es war ein Katz-und-Maus-Spiel, bei dem die Deutschen die Oberhand hatten.

Die Partisanen, verzweifelt und erschöpft, waren gezwungen, sich immer weiter zurückzuziehen. Ihre Versuche, kleinere Hinterhalte zu legen, waren erfolglos geblieben – die deutschen Soldaten hatten jede Falle mit brutaler Effizienz zerschlagen. Die schweren Stiefel der Wehrmacht trampelten über das gefrorene Unterholz, und der Klang ihrer marschierenden Schritte hallte bedrohlich durch den Wald.

"Sie haben keine Chance", murmelte Schmidt zu sich selbst, als er sah, wie sich die Partisanen in Richtung eines engen Tals bewegten. Das Gelände zwang sie in eine Richtung, und genau darauf hatten Schmidt und seine Männer gewartet. Er wusste, dass die Partisanen bald an die Grenzen ihrer Kräfte stoßen würden. "Sie laufen genau in unsere Falle."

Neben ihm stand ein aschblonder SS-Hauptsturmführer names Waid, eine düstere Gestalt mit stechenden Augen und einem stets festen Griff um seine Maschinenpistole. Die SS-Truppe war vor kurzem eingetroffen, um den Einsatz zu unterstützen, und ihre Anwesenheit hatte eine kalte, grausame Atmosphäre mit sich gebracht. Schmidt war sich bewusst, dass die SS für ihre gnadenlose Brutalität berüchtigt war, doch sie waren jetzt seine nützlichen Verbündeten in dieser Operation.

"Die Ratten haben sich in die Falle locken lassen", sagte der SS-Hauptsturmführer mit einem zufriedenen Grinsen, während er einen Blick auf die Karte warf. "Unsere Männer haben die Flanken gesichert. Es gibt keinen Ausweg für sie."

Schmidt nickte knapp. "Wir treiben sie weiter vor uns her", sagte er. "Wenn sie das Tal erreichen, wird es für sie zu spät sein. Wir schlagen gleichzeitig von beiden Seiten zu und zerschlagen ihren Widerstand endgültig."

Der SS-Hauptsturmführer nickte und gab seinen Männern per Funk einen kurzen Befehl. Die SS-Soldaten, diszipliniert und unbarmherzig, machten sich bereit, während Schmidt seinen eigenen Truppen den Befehl zum Vorrücken gab. Die Soldaten setzten sich in Bewegung, ihre Gewehre im Anschlag, während sie durch den schneebedeckten Wald marschierten. Das Knirschen ihrer Stiefel im Schnee war kurzzeitig das einzige Geräusch, das den Wald durchdrang.

Die Partisanen, jetzt in das enge Tal gedrängt, hatten kaum Zeit, sich zu formieren. Als sie die ersten Schüsse hörten, wussten sie, dass sie in eine Falle geraten waren. Panik brach aus, als sie versuchten, sich in alle Richtungen zu zerstreuen, doch die Deutschen waren unerbittlich. Die SS-Soldaten eröffneten das Feuer aus ihren versteckten Positionen auf den Hügeln, während Schmidts Männer direkt aus dem Wald stürmten.

Die Kämpfer des Widerstands, wenige und schlecht ausgerüstet, versuchten verzweifelt, sich zu wehren. Kugeln zischten durch die Luft, und die Geräusche von Maschinengewehrfeuer und Explosionen erfüllten das Tal. Partisanen stürzten zu Boden, einige getroffen, andere vor Erschöpfung zusammensinkend. Der Rückzug verwandelte sich in ein Chaos, und die Deutschen nutzten die Verwirrung gnadenlos aus.

Schmidt drang mit seinen Männern weiter vor, seine Mannschaft bewegte sich geschickt durch das zerklüftete Gelände. Er konnte die Schreie der Partisanen hören, die Befehle, die inmitten des Gefechts gerufen wurden. Aber es war nutzlos – sie waren umzingelt, ihre Reihen zerschlagen. Die SS-Soldaten, jetzt auf den Hängen positioniert, feuerten unablässig auf alles, was sich bewegte, und trieben die Widerstandskämpfer in eine hoffnungslose Situation.

„Gebt ihnen den Rest", befahl der SS-Hauptsturmführer kalt, als er sich zu Schmidt gesellte. "Lasst keinen entkommen."

Schmidt nickte und gab das Zeichen zum finalen Angriff. Seine Männer stürmten vor, überquerten die letzten Meter des Tals und fegten mit konzentriertem Feuer über die letzten Verteidiger hinweg. Es war ein brutales, kurzes Gefecht – die Partisanen, die nicht fielen, wurden gnadenlos niedergemacht. Einige wenige versuchten, sich zu ergeben, doch die SS zeigte keine Gnade. Es gab nur wenige Gefangenen.

Als das Feuer schließlich verstummte, blieb das Tal in unheimlicher Stille zurück. Rauch stieg aus den Waffenläufen auf, und der Schnee war rot gefärbt von dem vergossenen Blut. Schmidt atmete tief durch und ließ seinen Blick über das Schlachtfeld schweifen. Es war vorbei – sie hatten gesiegt, und der Widerstand war gebrochen.

Der SS-Hauptsturmführer trat neben ihn und nickte zufrieden. "Ein sauberer Sieg", sagte er. "Der Führer wird erfreut sein. Wir haben wieder einmal gezeigt, dass gegen die deutsche Wehrmacht und besonders die SS kein Widerstand Bestand haben wird."

Schmidt sagte nichts, sondern nickte nur stumm. Der Triumph fühlte sich hohl an – ein weiterer blutiger Tag in einem Krieg, der ihn zunehmend abstumpfte. Doch das war sein Befehl, und er hatte ihn ausgeführt.

Leutnant Schmidt starrte im nächsten Moment auf das Gesicht des SS-Hauptsturmführers, während die Worte wie ein kalter Schauer über seinen Rücken liefen. Der Mann vor ihm sprach in einem fast beiläufigen Ton, als wäre das, was er gerade vorgeschlagen hatte, nicht mehr als eine weitere militärische Maßnahme.

"Wir entmannen die Überlebenden", sagte der SS-Mann mit einem grausamen Lächeln, seine Augen funkelten kalt. "Eine klare Botschaft an alle, die sich noch gegen uns erheben wollen. Das wird den Widerstand brechen, endgültig."

Schmidt fühlte, wie sich sein Magen zusammenzog. Die Schlacht war brutal gewesen, und er hatte den Tod von Männern auf beiden Seiten gesehen. Doch das hier war etwas anderes, etwas Tiefgreifenderes, das über die

Grenzen des Krieges hinausging. Er wusste, dass die SS für ihre Grausamkeit berüchtigt war, aber dieser Vorschlag ging weit über das hinaus, was er akzeptieren konnte.

"Das kommt nicht in Frage", sagte Schmidt schließlich, seine Stimme fest, aber kontrolliert. Er musste sich zusammenreißen, um nicht lauter zu werden. "Wir sind Soldaten, keine Schlächter. Diese Männer haben sich ergeben, und wir werden sie als Kriegsgefangene behandeln, nicht wie Tiere."

Der SS-Hauptsturmführer verzog das Gesicht zu einem hämischen Grinsen, als hätte er genau diese Reaktion erwartet. "Soldaten?" wiederholte er spöttisch. "Diese 'Soldaten' sind Terroristen, Feiglinge, die sich in den Bergen verstecken und aus dem Hinterhalt zuschlagen. Glauben Sie wirklich, dass sie Gnade verdient haben? Sie würden Ihnen keinen Moment zögern, Ihnen die Kehle durchzuschneiden."

Schmidt trat einen Schritt näher, seine Augen fest auf den SS-Mann gerichtet. "Ich habe meine Befehle", sagte er ruhig, aber bestimmt. "Und sie beinhalten nicht, dass wir Gefangene verstümmeln. Wir gewinnen diesen Krieg durch Disziplin und Stärke, nicht durch barbarische Akte. Wenn Sie damit ein Problem haben, dann melden Sie das Ihren Vorgesetzten, aber ich werde das nicht zulassen."

Der SS-Hauptsturmführer blinzelte, überrascht von Schmidts Widerstand. Er war es offenbar nicht gewohnt, dass jemand seine Befehle in Frage stellte, schon gar nicht ein Offizier der Wehrmacht. Die beiden Männer standen sich gegenüber, die Anspannung zwischen ihnen greifbar, während die Gefangenen, ausgezehrt und verwundet, in der Nähe zusammengekauert auf den Boden saßen und das Gespräch mit ängstlichen Blicken verfolgten.

"Sie setzen sich also über meine Befehle hinweg?" fragte der SS-Mann schließlich, seine Stimme voller unterschwelliger Bedrohung. "Das könnte Konsequenzen haben, Leutnant."

Schmidt wusste, dass er sich mit seiner Weigerung in Gefahr brachte, doch seine Entscheidung stand fest. "Wenn es sein muss, dann nehme ich diese Konsequenzen in Kauf", antwortete er, ohne eine Sekunde zu zögern. "Aber ich werde nicht zulassen, dass wir uns auf das Niveau derer herabbegeben, die wir bekämpfen."

Für einen Moment herrschte gespannte Stille, während die beiden Offiziere einander anstarrten. Schließlich trat der SS-Hauptsturmführer zurück, sein Gesicht verzerrt vor unterdrücktem Zorn. "Wie Sie meinen, Leutnant, „ spie er aus, "aber ich werde darüber Bericht erstatten. Glauben Sie nicht, dass Sie sich damit aus der Verantwortung stehlen können. Dieser Krieg ist größer, als Sie sich vorstellen können."

Schmidt sah zu, wie der SS-Mann sich abwandte und seinen Männern einen knappen Befehl zum Abmarsch gab. Die SS-Truppe zog ab, die Blicke voller Kälte und Verachtung, während Schmidt zurückblieb, um den Transport der Gefangenen zu organisieren. Er wusste, dass dies nicht das Ende der Sache war – die SS würde seine Entscheidung nicht vergessen, und es könnte später noch Konsequenzen geben.

Doch für den Moment hatte er getan, was er für richtig hielt. Er konnte in den Augen der Gefangenen sehen, dass sie verstanden hatten, dass ihnen ein weiteres Schicksal erspart geblieben war, und das war ihm wichtiger als die möglichen Folgen seiner Entscheidung. Er würde den Befehl weiterführen, aber er würde nicht zulassen, dass seine Männer und er selbst ihre Menschlichkeit in diesem erbarmungslosen Krieg verloren.

Als die Kolonne der Wehrmacht schließlich mit den Gefangenen aufbrach, sah Schmidt noch einmal zurück auf das Schlachtfeld. Es war ein kleiner Sieg gewesen, aber einer, der ihn erinnerte, dass Krieg mehr war als nur das Töten. Es ging darum, unter unmenschlichen Bedingungen menschlich zu bleiben – und genau das würde er inmitten dieses Wahnsinns tun.

Sanko und Branko hatten sich den Partisanen mit Entschlossenheit angeschlossen, bereit, für die Freiheit ihres Landes zu kämpfen. Doch in den Wochen seit ihrem Beitritt hatten sie schnell gelernt, dass dieser Krieg grausamer war, als sie sich jemals hätten vorstellen können. Die Kämpfe waren erbarmungslos, und jeder Tag brachte neue Gefahren und Herausforderungen. Dennoch hatten sie ihren Mut nicht verloren, auch wenn sie mehr und mehr mit der düsteren Realität des Krieges konfrontiert wurden.

An jenem Tag waren sie mit einer kleinen Gruppe von Partisanen unterwegs, die von einem erfahrenen Kämpfer namens Vuk angeführt wurde. Vuk war hart, entschlossen und völlig kompromisslos, wenn es um den Kampf gegen die Deutschen ging. Er hatte seine eigenen Vorstellungen davon, wie dieser Krieg geführt werden musste, und sie waren oft radikaler als die der anderen Partisanenführer.

Sie bewegten sich im Schatten der Bäume, das Unterholz knirschte leise unter ihren Stiefeln. Der kalte Wind

trug den Geruch von Rauch und Blut von den Kämpfen
der letzten Tage mit sich. Sanko und Branko, immer
noch jugendlich in ihrer Erscheinung, folgten den älteren Kämpfern mit wachsamem Blick, ihre Hände fest
um die Gewehre geklammert. Sie wussten, dass sie
heute auf eine deutsche Patrouille treffen würden, aber
sie ahnten nicht, was sie erwartete.

"Da vorne", flüsterte Vuk und deutete auf einen
schmalen Waldweg, der sich durch das dichte Gehölz
schlängelte. "Zwei Kradmelder. Perfekte Zielscheiben.
Keine Gnade."

Sanko und Branko folgten seinem Blick und sahen die
zwei deutschen Kradmelder, die auf ihren Motorrädern
den Weg entlangfuhren. Sie trugen die grauen Uniformen der Wehrmacht, Helme samt Brillen tief ins Gesicht gezogen, während sie konzentriert den Weg vor
sich beobachteten. Sie schienen nichts von der Gefahr
zu ahnen, die ihnen in den Wäldern auflauerte.

Vuk hob die Hand zum Signal, und die Partisanen
legten sich auf die Lauer. Es war klar, dass er keine Gefangenen machen wollte. Für Vuk waren die Deutschen
Feinde, die ohne Zögern eliminiert werden mussten.
Sanko und Branko, die zum ersten Mal an einem solchen Hinterhalt teilnahmen, spürten, wie ihre Herzen
schneller schlugen. Der Anblick der Kradmelder, so
nah und verwundbar, ließ ihnen das Blut in den Adern
gefrieren.

Als die Motorräder in die Reichweite kamen, ließ Vuk
das Signal erschallen, und die Partisanen eröffneten aus
allen Rohren das Feuer. Das Knattern der Gewehre
durchbrach die Stille des Waldes, und schon die ersten
Schüsse trafen die Kradmelder mit tödlicher Präzision.
Die Maschinen stürzten seitlich zu Boden, und die

deutschen Soldaten wurden von den Geschossen aus den Sätteln gerissen.

Doch Vuk und seine Männer hielten nicht inne. Sie stürmten vor, als die Kradmelder zu Boden gingen, und machten sich mit einem erbarmungslosen Eifer über die Verwundeten her. Einer der beiden Deutschen, noch lebend, versuchte sich aufzurichten, doch Vuk war bereits über ihm und stieß ihm das Bajonett in den Körper. Ein anderer Partisan schlug mit dem Kolben seines Gewehrs auf den Schädel zweiten Soldaten ein, bis er reglos liegen blieb.

Sanko und Branko, die hinter den anderen zurückgeblieben waren, starrten entsetzt auf das blutige Schauspiel vor ihnen. Der Angriff war so schnell und brutal gewesen, dass sie kaum Zeit gehabt hatten, zu reagieren. Nun standen sie da, die Gewehre schlaff in den Händen, unfähig, ihren Blick von den verstümmelten Körpern der Soldaten abzuwenden.

"Das... das ist Wahnsinn", stammelte Branko schließlich, seine Stimme zitterte. "Sie... sie hatten keine Chance."

Sanko konnte nichts sagen, seine Kehle war wie zugeschnürt. Der Anblick der toten Soldaten, die vor wenigen Augenblicken noch lebendig gewesen waren, erschütterte ihn bis ins Mark. Er wusste, dass sie im Krieg waren, dass solche Dinge passieren mussten, aber die rohe Gewalt, die er gerade miterlebt hatte, war etwas, auf das er nicht vorbereitet gewesen war.

Vuk wischte das Blut von seinem Bajonett und drehte sich zu ihnen um. In seinen Augen lag kein Funken Reue, nur kalte Entschlossenheit. "Das ist Krieg, Jungs", sagte er mit rauer Stimme. "Ihr müsst lernen, dass es hier keine Regeln gibt. Es geht ums Überleben. Sie hätten uns genauso umgebracht, wenn sie die Chance gehabt hätten."

Sanko nickte stumm, aber in seinem Inneren wuchs ein Gefühl der Beklemmung. Er konnte die Worte nicht aussprechen, doch er wusste, dass dieser Krieg ihn und seinen Bruder für immer verändern würde. Die Unschuld, die sie noch in sich getragen hatten, war in diesem Moment gestorben, und was blieb, war eine kalte, harte Realität, die sie fortan begleiten würde.

Die Partisanen sammelten die Waffen der getöteten Soldaten ein und zogen weiter, Vuk vorneweg, als wäre nichts passiert. Sanko und Branko folgten, ihre Schritte schwer, ihre Gedanken dunkel. Sie waren nun Teil dieses Krieges, mit all seinen Grausamkeiten – und es gab kein Zurück mehr.

Schmidt war nun Truppführer, eine Position weit unter seinem einstigen Rang und seiner Verantwortung. Die Uniform, die er trug, schien nun ganz anders als zuvor, als wäre sie mit dem Gewicht seiner Entscheidungen beladen. Diese war ihm nach seinem Widerstand gegen die SS nur zum Schein geblieben – der wahre Preis war die Degradierung, und das Wissen, dass er nun direkt an der Front kämpfen musste. Er war kein Offizier mehr, der Befehle von oben nach unten gab; jetzt war er ein einfacher Soldat, der mit den anderen um jedes Haus, jede Straße und jeden Zentimeter dieses zerrissenen Landes kämpfen musste.

Es war kalt, der Schnee legte sich in dicken Schichten auf die Ruinen der Stadt, in der sie kämpften. Schmidt konnte den Geruch von Schießpulver und verbranntem

Holz in der Luft riechen, gemischt mit dem metallischen Duft von Blut. Die Häuser um ihn herum waren nichts weiter als zerstörte Hüllen, zerborstene Mauern und eingestürzte Dächer.

"Vorwärts!" schrie Schmidt, während er mit seinem Karabiner im Anschlag über eine zerbombte Straße rannte. Seine Männer folgten ihm, ihre Gesichter von Ruß und Schweiß gezeichnet, die Augen starr vor Anspannung. Vor ihnen lag das nächste Ziel – ein Schul-Haus, von dem aus die Partisanen erbitterten Widerstand leisteten. Sie hatten sich darin verschanzt, und es gab nur einen Weg, sie herauszuholen: stumpfer, direkter Sturmangriff.

Das Geräusch von Gewehrfeuer und explodierenden Granaten erfüllte die Luft, während Schmidt und seine Männer sich dem Gebäude näherten. Er spürte den vertrauten Rausch des Adrenalins, der ihm half, die Angst zu verdrängen. Diese Kämpfe, Haus um Haus, Straße um Straße, waren die brutale Realität geworden, in der er nun lebte. Es gab keine klaren Frontlinien mehr, nur Trümmer und Rauch, die das Schlachtfeld in ein unübersichtliches Labyrinth verwandelten.

Ein Soldat neben ihm wurde von einer Kugel getroffen und fiel lautlos in den Schnee. Schmidt zuckte nicht einmal zusammen – er konnte sich keine Schwäche erlauben, nicht jetzt. Er musste weiterkämpfen, weiter voranschreiten, denn jeder Moment des Zögerns könnte den Tod für ihn und seine Männer bedeuten. Er schob den Gedanken an den gefallenen Kameraden beiseite und konzentrierte sich auf das Ziel vor ihm.

"Granate!" brüllte er und warf einen Sprengsatz durch ein zerbrochenes Fenster. Sekunden später erschütterte eine Explosion das Haus, und das Schreien der Partisanen verstummte. Schmidt wusste, dass sie nicht alle erwischt hatten, aber es war genug, um den Widerstand zu brechen. "Jetzt!", rief er, und die Männer stürmten in das Gebäude.

Drinnen war es dunkel und stickig, der Geruch von verbranntem Holz und Blut war fast erstickend. Überall lagen Trümmer und die Körper derer, die bis zuletzt gekämpft hatten. Schmidt führte seine Männer durch die engen Flure, immer auf der Hut vor möglichen Hinterhalten. Jeder Raum wurde mit brutaler Effizienz gesäubert, jeder Widerstand mit gnadenloser Gewalt niedergekämpft.

Als sie schließlich das letzte Zimmer erreichten, fand Schmidt einen jungen Partisanen, der sich in die Ecke gedrängt hatte. Er war kaum älter als ein Junge, die Angst stand ihm ins Gesicht geschrieben, während er mit zitternden Händen ein Gewehr hielt. Schmidt konnte den Schrecken in seinen Augen sehen, ein Spiegelbild dessen, was er selbst einst gefühlt hatte. Aber in diesem Moment war kein Platz für Gnade. Er zog den Abzug, und der Junge fiel zu Boden.

Die Stille, die folgte, war fast erdrückend. Schmidt ließ das Gewehr sinken, während er die Leiche des Partisanen ansah. Für einen Augenblick durchzuckte ihn die Erkenntnis, dass er selbst nur ein Zahnrad in dieser endlosen Maschinerie des Todes war – dass er nichts anderes tat, als blind Befehle zu befolgen und Leben zu nehmen, ohne nach dem Warum zu fragen. Doch diese Gedanken wurden schnell von der Realität überlagert. Er musste weiterkämpfen, weiter überleben. Er trat hinaus in die kalte Luft und sah, wie seine Männer sich neu formierten, bereit für den nächsten Befehl, das nächste Haus, den nächsten Kampf. Das Gefühl der Erschöpfung und Desillusionierung lag schwer auf ihm, doch er konnte es sich nicht leisten, schwach zu sein. Nicht hier, nicht jetzt.

Der nächtliche Himmel über der tief verschneiten Landschaft war schwarz, nur gelegentlich von den Lichtkegeln der Suchscheinwerfer durchschnitten, die sich suchend über das Gelände bewegten. In der Ferne, verborgen in den dichten Wäldern, lag das Hauptquartier von General Jürgensen, ein wichtiger Knotenpunkt der deutschen Operationsführung in Südjugoslawien. Es war gut geschützt, umgeben von Stacheldraht, Minenfeldern und schwer bewaffneten Wachen. Doch in dieser Nacht sollte es dennoch zum Ziel einer kühnen britischen Operation werden.

Die Fallschirmjäger landeten fast lautlos, ihre Silhouetten kaum erkennbar gegen den sternenlosen Himmel. Sie hatten sich bis auf wenige hundert Meter an das Hauptquartier herangeschlichen, geschickt darin, den Wachen und Patrouillen auszuweichen. Jeder ihrer Schritte war genauestens geplant, jedes Ziel sorgfältig ausgewählt. Ihr Auftrag war klar: maximale Zerstörung, um die deutschen Befehlsstrukturen zu schwächen und Verwirrung zu stiften.

Die ersten Explosionen ertönten wie Donner, als die Briten Sprengsätze an den Kommunikationsanlagen des Hauptquartiers zündeten. Eine Serie von Explosionen folgte, und die Nacht wurde von grellen Lichtblitzen erhellt. Panik brach unter den deutschen Soldaten aus, die meisten von ihnen im Schlaf überrascht, und das Chaos breitete sich schnell aus. Inmitten dieses Durcheinanders begannen die britischen Fallschirmjäger, ihre eigentliche Mission auszuführen – das Ausschalten von hochrangigen Offizieren und das Anrichten maximalen Schadens.

Die Briten arbeiteten effizient und brutal. Sie stürmten durch die provisorischen Quartiere der deutschen Offiziere, feuerten präzise Salven ab und hinterließen eine Spur der Verwüstung. Das Überraschungsmoment war auf ihrer Seite, und für einige Minuten schien es, als könnten sie den gesamten Komplex überrennen. Sie töteten mehrere Offiziere und sprengten wichtige Dokumente und Karten in die Luft, die für die deutschen Operationen von entscheidender Bedeutung waren.

Doch der Widerstand der Deutschen formierte sich schnell. General Jürgensen, aus dem Schlaf gerissen, reagierte sofort und befahl den alarmierten Truppen, das Hauptquartier zu verteidigen und die Angreifer auszuschalten. Die deutschen Soldaten, viele nur halb in ihren Uniformen, griffen zu ihren Waffen und eröffneten das Feuer auf die Fallschirmjäger. Trotz ihrer Tapferkeit und ihres Überraschungsvorteils waren die Briten zahlenmäßig stark unterlegen und gerieten bald in die Enge.

Die Schlacht tobte durch die engen Gänge und über den schneebedeckten Innenhof des Hauptquartiers. Die Fallschirmjäger kämpften verbissen, setzten ihre letzten Granaten und Munition ein, um so viel Schaden wie möglich anzurichten. Sie wussten, dass die Chancen auf eine Flucht gering waren, doch keiner von ihnen dachte daran, sich zu ergeben. Jeder Meter wurde hart umkämpft, während die Deutschen die Eindringlinge systematisch einkreisten.

In den letzten verzweifelten Minuten ihres Angriffs versuchten die Briten, das Quartier von General Jürgensen selbst zu erreichen. Ein letzter, verzweifelter Vorstoß, der ihnen jedoch zum Verhängnis wurde. Die deutschen Landser, nun vollzählig und gut organisiert, eröffneten ein verheerendes Kreuzfeuer. Die Fallschirmjäger wurden einer nach dem anderen niedergestreckt, ihre Zahl rasch dezimiert, bis der letzte von ihnen fiel.

Als die Stille wieder über dem Hauptquartier lag, war die Blamage offensichtlich. Mehrere Gebäude brannten, das Kommunikationszentrum war zerstört, und die Leichen von Soldaten und Offizieren lagen verstreut im Schnee. Doch trotz der Verluste hatten die Deutschen das Hauptquartier gehalten. General Jürgensen trat aus den Trümmern seines Quartiers, sah die Landser, blutverschmiert und erschöpft, doch lebendig. Er betrachtete das Chaos um sich herum, die rauchenden Ruinen und die gefallenen Briten.

Für einen Moment harrschte nur das Knacken des brennenden Holzes und das leise Wimmern der Verwundeten durch die Luft. Jürgensen wusste, dass dieser Angriff die Entschlossenheit seiner Männer nur noch verstärken würde. Sie hatten eine gefährliche Operation überlebt, und obwohl der Feind großen Schaden angerichtet hatte, war es den Briten nicht gelungen, die Führung der deutschen Streitkräfte entscheidend zu schwächen, falls sie das überhaupt bezweckt hatten.

Mit einem letzten Blick auf die toten Fallschirmjäger, die mutig, aber vergeblich gekämpft hatten, wandte sich Jürgensen ab und befahl, die Verteidigungsmaßnahmen zu verstärken. Der Krieg ging weiter, und der Gegner würde wissen, dass die Deutschen bereit waren, alles zu tun, um ihre Stellungen zu halten. Die kommende Schlacht würde härter und gnadenloser sein – doch in dieser Nacht hatten die Deutschen gesiegt, auch wenn der Preis dafür hoch gewesen war.

Schütze Schmidt kauerte hinter einer halb eingestürzten Mauer, das Gewehr fest in den Händen. Der kalte Wind peitschte durch die zerstörten Straßen, trieb den Schnee wie feine Nadeln in sein Gesicht. Über ihm dröhnte das Artilleriefeuer, und die Granaten schlugen mit donnerndem Getöse in die umliegenden Gebäude ein. Es war ein erbarmungsloser Häuserkampf, der die kleine Stadt in Schutt und Asche legte. Jeder Schritt war ein Vorstoß ins Ungewisse, jeder Augenblick konnte der letzte sein.

Seit seiner Degradierung war Schmidt vom Offiziersrang in die Ränge der einfachen Soldaten zurückgestuft worden, und jetzt fand er sich immer wieder an der vordersten Front – mitten im blutigen Nahkampf gegen die Partisanen, die verbissen jedes Haus, jeden Raum verteidigten.

Schmidt spähte vorsichtig über die Mauer, hinter der er Deckung suchte. Vor ihm lag ein halb zerstörtes Gebäude, einst wohl ein Wohnhaus. Die Partisanen hatten sich darin verschanzt, und jede Etage war zu einem tödlichen Hindernis geworden. Jeder Versuch, in das Gebäude vorzudringen, war bisher mit schweren Verlusten gescheitert. Schmidt wusste, dass es keinen einfachen Weg nach vorn gab – nur brutale, gnadenlose Gewalt würde sie durchbrechen.

"Vorwärts, keine Gnade!" brüllte der Feldwebel, der das Kommando über die kleine Gruppe übernommen hatte. Schmidt sah, wie die anderen Soldaten sich zusammenrissen, ihre Waffen fest umklammerten und sich bereit machten, dem Befehl zu folgen. Es gab keine Zeit für Zweifel, keine Zeit für Angst. Sie mussten das Gebäude einnehmen, koste es, was es wolle.

Schmidt presste sich an die Mauer, bevor er mit einem Satz in das zerstörte Haus sprang. Drinnen war es dunkel, der einzige Lichtschein kam von den brennenden Trümmern und dem gelegentlichen Aufblitzen von Mündungsfeuern. Die Partisanen warteten schon. Kugeln pfiffen durch die Luft, schlugen in die Wände und den Boden ein. Schmidt duckte sich instinktiv, spürte, wie die Angst in ihm aufstieg, doch er drängte sie zurück. Hier draußen zählte nur das Überleben.

Er sah, wie ein Kamerad neben ihm getroffen wurde, das Blut spritzte auf den Boden, als der Mann zu Boden ging. Doch es gab keine Zeit, um innezuhalten. Schmidt schob sich weiter vor, zielte und feuerte auf einen Schatten, der sich im Dunkeln bewegte. Ein kurzer Schrei, dann Stille. Er wusste nicht, ob er getroffen hatte, doch er konnte sich keine Fehler erlauben. Jeder Gegner, den er nicht ausschaltete, war eine Gefahr für ihn und seine Kameraden.

Der Kampf im Inneren des Gebäudes war erbarmungslos. Die Partisanen kannten jeden Winkel, jede Schwachstelle. Sie warfen Granaten und Brandsätze, feuerten aus versteckten Positionen, und nutzten die Zerstörung zu ihrem Vorteil. Schmidt musste sich durch Trümmer und Schutt kämpfen, während er sich gegen die Angriffe der Partisanen zur Wehr setzte. Er konnte den Lärm der Schüsse, das Brüllen der Befehle und das Stöhnen der Verwundeten hören. Alles verschmolz zu einem infernalischen Lärm.

In einem Moment der Ruhe, als die Kugeln kurz aufhörten zu fliegen, drang Schmidt in ein kleines Zimmer vor. Die Tür war halb aus den Angeln gerissen, der Raum dahinter ein einziges Chaos. In der Ecke sah er eine Gestalt – ein Partisan, blutend und dennoch entschlossen, sein Gewehr auf Schmidt gerichtet. Für einen

Augenblick trafen sich ihre Blicke, und Schmidt sah in den Augen seines Gegners die gleiche Angst, den gleichen Hass, den er selbst empfand.

Schmidt war schneller. Er drückte den Abzug und sah, wie der Partisan in sich zusammensackte. Ein Gefühl der Leere erfüllte ihn, ein taubes, kaltes Gefühl, das nichts mit dem Triumph des Sieges zu tun hatte. Hier gab es keinen Heldenmut, nur Tod und Verderben. Doch er wusste, dass er weiterkämpfen musste. Der Krieg verlangte es, und der Krieg würde es von ihm nehmen, alles, was er war, bis nichts mehr übrig war außer einem Soldaten, der tat, was nötig war.

Er trat aus dem Zimmer, zurück in den Wahnsinn des Gefechts. Das Gebäude war noch nicht gesichert, die Partisanen leisteten weiterhin erbitterten Widerstand. Schmidt wusste, dass dies nur ein weiteres Kapitel in einem endlosen Krieg war, einem Krieg, der keinen Gewinner kennen würde. Er kämpfte weiter, Haus um Haus, Raum um Raum, während die Dunkelheit des Krieges sich tiefer in seine Seele fraß.

Sanko und Branko lagen flach auf dem kalten, gefrorenen Boden, ihre Herzen hämmernd in ihrer Brust. Der Schnee, der sie umgab, war still, doch das Schlachtfeld vor ihnen war erfüllt von dem Lärm des Gefechts – Gewehrschüsse, das Knallen von Granaten, das Schreien von Männern, die in den Tod gingen. Es war ihr erstes Gefecht als Partisanen, der Moment, auf den sie seit ihrer Flucht aus dem Dorf hingearbeitet hatten. Doch nichts hatte sie auf das vorbereitet, was sie nun erlebten.

„Bereit?" flüsterte Branko, seine Stimme bebend vor Anspannung. Sanko nickte stumm, obwohl sich in seinem Magen ein Knoten aus Angst und Ungewissheit gebildet hatte. Sie hatten ihre Position in einem kleinen Wäldchen eingenommen, das sich am Rande des Dorfes befand, das die deutschen Soldaten gerade angriffen. Ihre Aufgabe war klar: Die Soldaten aufzuhalten, sie zu schwächen, so viele wie möglich zu töten. Doch die Klarheit des Befehls konnte die Schrecken des Augenblicks nicht lindern.

Die Deutschen kamen näher, ihre dunklen Silhouetten waren durch die Bäume zu erkennen. Sanko hob sein Gewehr, die Hände zitterten ihm leicht. Neben ihm tat Branko dasselbe. Beide hatten sie im Training geübt, hatten gelernt, wie man schießt, wie man tötet. Doch dies war kein Training mehr. Dies war echt, und die Männer, die auf sie zukamen, waren keine stummen Zielscheiben, sondern Menschen. Sie waren Feinde, ja, aber doch Menschen.

„Jetzt!" zischte Branko, und sie eröffneten das Feuer. Die ersten Schüsse krachten durch den Wald, und Sanko sah, wie einer der deutschen Soldaten getroffen zu Boden stürzte. Ein kurzer, erstickter Schrei, dann nichts mehr. Branko schoss weiter, seine Bewegungen mechanisch, fast wie im Rausch. Sanko folgte seinem Beispiel, doch mit jedem Schuss, den er abfeuerte, fühlte er, wie sich etwas in ihm zusammenzog, etwas Dunkles und Schweres, das er nicht abschütteln konnte.

Die Deutschen erwiderten das Feuer. Kugeln pfiffen durch die Luft, schlugen in die Bäume und den Boden um sie herum ein. Sanko spürte, wie die Angst in ihm aufstieg, doch er zwang sich, weiterzuschießen. Er traf einen weiteren Soldaten, sah, wie der Mann zusammenbrach, die Hände an die Brust gepresst, aus der das Blut quoll. Für einen Moment trafen sich ihre Blicke, und Sanko konnte den Schock und das Entsetzen in den Augen des Soldaten sehen, bevor er endgültig zu Boden sank.

Das Gefecht dauerte nur wenige Minuten, doch es kam den Brüdern wie eine Ewigkeit vor. Als die Deutschen schließlich den Rückzug antraten, blieb eine gespenstische Stille zurück. Sanko ließ sein Gewehr sinken, seine Hände waren taub von der Kälte und dem unablässigen Druck auf den Abzug. Branko saß neben ihm, den Blick starr auf den Boden gerichtet, als könnte er nicht fassen, was gerade geschehen war.

„Wir haben es geschafft," murmelte Branko schließlich, aber seine Stimme klang hohl, leer. Er hob den Kopf und sah Sanko an, in seinen Augen spiegelte sich der gleiche Schock, den Sanko selbst empfand. Sie hatten gekämpft, sie hatten getötet. Doch es fühlte sich nicht wie ein Sieg an, eher wie ein Verlust. Etwas in ihnen war gestorben, etwas, das sie nie wieder zurückbekommen würden.

„Was haben wir getan?" flüsterte Sanko, und seine Stimme zitterte. Er hatte sich immer gewünscht, ein Held zu sein, ein Kämpfer für die Freiheit, so wie es ihnen die älteren Partisanen erzählt hatten. Doch jetzt, da er Blut an den Händen hatte, fühlte es sich falsch an. Er spürte keine Genugtuung, nur eine tiefe Leere und das Gewicht der Schuld, das ihn zu erdrücken drohte.

Branko legte eine Hand auf Sankos Schulter, doch auch er fand keine Worte. Die Realität des Krieges, des Tötens, hatte sie mit voller Wucht getroffen. Sie hatten überlebt, ja, aber der Preis dafür war hoch. Die Männer, die sie getötet hatten, waren nicht mehr nur Feinde – sie waren Menschen, die sie nie kennenlernen würden,

Menschen mit Familien, mit Leben, die sie nun für immer ausgelöscht hatten.

„Wir mussten es tun" sagte Branko schließlich, als wolle er sich selbst und seinen Bruder davon überzeugen. „Es ist die oder wir." Doch selbst als er das sagte, wusste er, dass es nicht genug war, um den Schmerz und die Zweifel zu vertreiben. Der Krieg hatte sie zu Kämpfern gemacht, aber er hatte ihnen auch etwas genommen, das sie nie wieder zurückbekommen würden.

In der Kälte des Nachmittags blieben die Brüder noch eine Weile sitzen, unfähig, sich zu rühren, unfähig, weiterzugehen. Sie hatten ihren ersten Kampf überlebt, doch die Narben, die dieser hinterlassen hatte, würden sie für immer begleiten.

Schmidt stand am Rand des weiten, offenen Feldes, die Augen zusammengekniffen, um den beißenden Wind und die Schneeflocken, die ihm ins Gesicht peitschten, auszuhalten. Vor ihm erstreckte sich eine trostlose Ebene, die von Granattrichtern und zerstörten Fahrzeugen übersät war. Am Horizont konnte er die hölzernen Barrikaden und die improvisierten Stellungen der Partisanen erkennen, kaum mehr als dunkle Punkte in der weißen Weite. Es war ein tödliches Nichts, ein Niemandsland, durch das sie vorrücken sollten – und das gegen einen Feind, der dieses Terrain besser kannte als sie selbst.

Hinter ihm sammelten sich die Truppen, die deutsche Infanterie bereitete sich auf den Vorstoß vor. Doch es war keine gut geölte Kriegsmaschinerie, die sich dort versammelte. Viele der Männer waren erschöpft, entmutigt nach den verlustreichen Kämpfen der letzten

Tage. Und die Verbündeten Italiener, die eigentlich den rechten Flügel der Offensive sichern sollten, waren nichts als eine Enttäuschung. Schmidt hatte bereits erlebt, wie sie in den ersten Feuergefechten in Panik gerieten und ihre Positionen aufgaben. Ihre Soldaten wirkten verloren, schlecht ausgerüstet und noch schlechter geführt. Anstatt eine Unterstützung zu sein, waren sie eine Belastung – eine weitere Ungewissheit in einem ohnehin schon chaotischen Einsatz.

„Das wird ein Blutbad" murmelte einer der Soldaten neben Schmidt. Er konnte den Angstschweiß auf den Gesichtern seiner Kameraden sehen, und er wusste, dass sie alle das Gleiche dachten. Das offene Feld war ein Schlachthaus in spe, und jeder Schritt vorwärts würde sie den Tod kosten. Doch es gab kein Zurück. Die Befehle waren klar – sie mussten vorstoßen, die Partisanenstellung einnehmen, koste es, was es wolle.

Ein ohrenbetäubender Knall ließ Schmidt zusammenzucken, und ein Moment später schlugen die ersten Artilleriegranaten in das Feld vor ihnen ein. Der Boden erbebte, und eine Wolke aus Schnee, Erde und Rauch stieg in die Luft. Schmidt spürte, wie sein Herz raste, als er die Zerstörung vor sich sah. Doch sein Magen verkrampfte sich, als ihm klar wurde, dass die Einschläge zu nah waren – viel zu nah. Er drehte sich um und sah, wie die ersten Reihen der Infanterie in Deckung gingen, doch es war zu spät. Die deutsche Artillerie, die zur Unterstützung gedacht war, traf wieder einmal die eigenen Leute.

„Verdammte Scheiße!" fluchte Schmidt, als er sah, wie ein Trupp deutscher Soldaten in einer Explosion verschwand. Die Schreie der Verwundeten mischten sich mit dem Donnern der Artillerie, und Panik breitete sich aus. Männer, die eben noch zum Angriff bereit waren,

warfen sich nun zu Boden, suchten verzweifelt nach
Deckung auf einem Feld, das keine bot. Schmidt spürte,
wie sein Zorn aufwallte – Zorn auf die inkompetenten
Italiener, die die rechte Flanke preisgaben, Zorn auf die
eigene Artillerie, die mehr Schaden unter den eigenen
Leuten anrichtete als beim Feind.

Ein Offizier versuchte, die Kontrolle über die Situation zu behalten, schrie Befehle, die im Lärm des
Schlachtfeldes untergingen. Schmidt sah sich um, wusste, dass sie hier nicht einfach stehenbleiben konnten.
Das Feld war ein offenes Grab, und sie mussten weiter
vorwärts, trotz der chaotischen Lage, trotz der Verluste.
Er packte einen der jüngeren Soldaten, der vor Angst
wie gelähmt war, und zog ihn auf die Beine. „Vorwärts!
Wir müssen hier raus, bevor sie uns alle erwischen!"

Sie begannen zu rennen, die Landser um ihn herum
ebenfalls, ein verzweifelter Versuch, das offene Feld zu
überqueren, bevor die Artillerie erneut zuschlug. Granaten detonierten weiter hinter ihnen, und Schmidt
konnte spüren, wie der Boden unter seinen Füßen zitterte. Er hörte das Zischen von Gewehrkugeln, die von
den Partisanen abgeschossen wurden, die in ihren Stellungen lauerten und auf die deutschen Soldaten schos-
sen, die auf das Feld stürmten.

Die Italiener auf der rechten Flanke brachen endgültig
zusammen. Schmidt sah, wie sie sich zurückzogen,
fluchtartig und ohne jegliche Ordnung. Es war ein De-
saster. Ohne den Schutz ihrer Flanke waren sie den Partisanen ausgeliefert, die sich jetzt darauf konzentrierten,
die Lücke auszunutzen. Und trotzdem musste Schmidt
weiter voran, Schritt für Schritt, das Gewehr fest in den
Händen, den Blick starr auf das Ziel gerichtet – oder auf
das, was davon noch übrig war.

Doch die Artillerie ließ ihnen keine Chance. Ein weiterer Schlag traf sie, dieses Mal genau in der Mitte ihrer Formation. Schmidt wurde von den Füßen gerissen, die Luft aus seinen Lungen gepresst, als er hart auf den Boden aufschlug. Die Welt um ihn herum drehte sich, als der Lärm in seinen Ohren nachließ und alles in einem schmerzhaften Summen verhallte. Er spürte den Schnee unter sich, kalt und feucht, aber er konnte sich nicht rühren. Für einen Moment dachte er, es sei vorbei. Dann, langsam, kehrte das Bewusstsein zurück, und mit ihm der Schmerz.

Als Schmidt sich auf die Knie zwang und den Kopf hob, sah er, dass das Feld sich in eine Hölle verwandelt hatte. Überall lagen die Körper seiner Kameraden, zerrissen von den Explosionen, leblos oder schreiend vor Schmerz. Die wenigen, die noch standen, schienen wie Schatten inmitten des Rauchs und der Trümmer. Der Angriff war gescheitert, und Schmidt wusste, dass sie hier nichts mehr ausrichten konnten. Das offene Feld, das sie überwinden sollten, war zu einem Massengrab geworden.

Inmitten des Chaos hörte Schmidt die verzweifelten Rufe des Offiziers, der sie zu einem Rückzug zu sammeln versuchte. Doch es war klar, dass dieser Einsatz ein einziger Fehlschlag war. Schmidt wusste nicht, ob sie es schaffen würden, den Partisanen zu entkommen, aber er wusste, dass sie nicht hier bleiben konnten. Mit letzter Kraft zog er sich hoch, den Blick auf die noch weit entfernten Bäume gerichtet, die ihnen vielleicht Schutz bieten konnten.

Er rannte los, das Gewehr fest in den Händen, das Chaos hinter sich lassend. Es gab keine Strategie mehr, keine Taktik – nur das Überleben. Doch tief in seinem Inneren wusste Schmidt, dass dieser Tag ihn für immer verändern würde. Der Krieg, den er hier erlebte, war nicht der ruhmvolle Kampf, den er sich einmal vorgestellt hatte. Es war ein endloser Albtraum, aus dem es kein Erwachen gab.

Sanko und Branko schritten schweigend durch das provisorische Lazarett der Partisanen, das tief in den Bergen in einer verlassenen Scheune errichtet worden war. Dutzende von Männern und Frauen lagen auf einfachen Strohlagern, notdürftig versorgt von den wenigen Ärzten und Krankenschwestern, die die Partisanenbewegung hier soweit im Süden aufbringen konnte. Überall waren hektische Krankenschwestern und legten Verbände, die bald durchtränkt von Blut waren, zerschlissene Kleider, die kaum mehr als Lumpen waren. Der Anblick war überwältigend.

Sanko spürte, wie sein Magen sich zusammenzog, als er an einem Mann vorbeiging, dessen Gesicht von Verbrennungen entstellt war. Seine Augen waren geschlossen, und das ständige Zucken seiner Glieder zeigte, dass er in unsäglichen Schmerzen lag. Branko blieb ebenfalls stehen, sein Blick starrte auf einen jungen Partisanen, der kaum älter als sie selbst war. Eine provisorische Schiene hielt das Bein des Jungen in Position, aber der Ausdruck in seinem Gesicht war leer, die Augen glanzlos vor Schmerz und Erschöpfung. Der Krieg, der sie beide bisher nur aus der Ferne getroffen hatte, war nun in all seiner grausamen Realität vor ihnen.

„Das ist... das ist einfach furchtbar" murmelte Sanko, seine Stimme kaum mehr als ein Flüstern. Er hatte sich vorgestellt, dass der Kampf für die Freiheit eine Sache des Mutes und der Entschlossenheit war, doch was er hier sah, war nur Elend und Leid. „Sind wir wirklich bereit dafür? Können wir das durchstehen?"

Branko antwortete nicht sofort. Er sah sich um, versuchte, die Bilder der Verstümmelten, der Sterbenden, aus seinem Kopf zu verbannen, doch es gelang ihm nicht. „Wir haben keine Wahl" sagte er schließlich, mehr zu sich selbst als zu Sanko. „Wenn wir nicht kämpfen, wird es noch schlimmer. Aber..." Er stockte, unfähig, die Worte zu finden. Das, was sie hier sahen, stellte alles in Frage, woran sie geglaubt hatten. Doch er wusste auch, dass es keinen anderen Weg gab. Sie mussten weitermachen, trotz allem.

Gerade als sie die Scheune verlassen wollten, trat ein älterer Partisan, ein Veteran, auf sie zu. Sein Gesicht war gezeichnet von Narben, seine Augen kalt und entschlossen. „Ihr seid die neuen Rekruten, richtig?" fragte er mit einer rauen Stimme. Sanko und Branko nickten stumm, immer noch unter dem Eindruck dessen, was sie gesehen hatten.

Der Mann sah sie lange an, dann nickte er. „Gut, dass ihr hier seid. Wir brauchen jeden Mann. Es wird bald ein großer Angriff stattfinden."

„Ein Angriff?" Branko richtete sich auf, versuchte, seine Erschütterung zu verbergen. „Wohin?"

„Auf das deutsche Hauptquartier" sagte der Veteran knapp. „Wir haben Informationen, dass sich dort hohe Offiziere aufhalten. Wenn wir zuschlagen, könnten wir einen entscheidenden Schlag gegen die Besatzer führen. " Er sprach mit einer Härte in der Stimme, die keinen Zweifel daran ließ, wie ernst die Lage war. „Aber es wird kein leichter Kampf. Die Deutschen sind gut vorbereitet, und sie haben Verstärkungen. Es wird alles brauchen, was wir haben."

Sanko und Branko sahen sich an. Die Worte des Mannes ließen den Schrecken, den sie gerade erlebt hatten, noch realer erscheinen. Ein direkter Angriff auf das deutsche Hauptquartier? Das klang nach einem Himmelfahrtskommando, doch gleichzeitig auch nach einer Chance, endlich etwas zu bewirken. Trotz der Angst, die in ihnen nagte, spürte Sanko eine wachsende Entschlossenheit in sich. „Wir sind dabei," sagte er schließlich leise.

Der Veteran nickte. „Gut. Bereitet euch vor. Es gibt kein Zurück." Mit diesen Worten wandte er sich ab und verschwand in der Dunkelheit der Scheune, um sich um die anderen Verwundeten zu kümmern.

Sanko und Branko blieben noch einen Moment stehen, bevor sie die Scheune verließen. Draußen in der kalten, klaren Luft der Berge atmeten sie tief durch, als könnten sie so die Erinnerungen an das, was sie gesehen hatten, loswerden. Doch das Bild der Verletzten, der Verwundeten, die für ihre Sache alles gegeben hatten, würde sie weiter verfolgen. Der kommende Kampf würde alles von ihnen fordern, und sie wussten, dass es kein Zurück mehr gab.

„Wir müssen stark sein, Branko" sagte Sanko schließlich, seine Stimme fester als zuvor. „Für all die, die da drinnen liegen. Wir können sie nicht im Stich lassen."

Branko nickte langsam. „Ja, das müssen wir. Aber es wird schwer."

Gemeinsam machten sie sich auf den Weg, um sich auf das bevorstehende Gefecht vorzubereiten. Die Kälte kroch durch ihre Kleidung, doch in ihnen brannte ein

neues Feuer – ein Feuer, das aus Entschlossenheit und
dem Wissen um den hohen Preis des Krieges bestand.
Der Angriff auf das deutsche Hauptquartier würde der
härteste Kampf ihres Lebens werden. Doch sie wussten,
dass sie kämpfen mussten, nicht nur für sich selbst,
sondern für alle, die diesen Krieg nicht überleben würden.

General Jürgensen stand am Rand eines schneebedeckten Bahnsteigs, die Hände hinter dem Rücken ver-
schränkt, während die eisige Kälte des frühen Morgens
durch seinen Pelzmantel drang. Er ignorierte den Frost,
der ihm in die Knochen kroch, und hielt den Blick starr
auf die ankommenden Züge gerichtet.

Die neuen Truppen waren endlich da. Die Verstärkungen, auf die er so lange gewartet hatte. Reihen von
gepanzerten Fahrzeugen, Artilleriegeschützen und
Mannschaftswagen, Maultiere, Sturmgeschütze, Last-
wagen, vollgepackt mit frischen Soldaten, rollten aus
den Waggons. Die Männer, die aus den Zügen stiegen,
waren gut ausgerüstet, ihre Uniformen makellos, die
Gesichter hart und entschlossen. Es war eine andere
Stimmung als die bei den erschöpften Truppen, die er
bisher hatte. Diese Männer waren darauf vorbereitet,
das Blatt zu wenden.

Jürgensen ließ seinen Blick über die Szene schweifen
und spürte einen Funken Zufriedenheit in sich aufstei-
gen. Die Partisanen hatten ihnen in den letzten Wochen
immer wieder zugesetzt, Hinterhalte gelegt, wichtige
Versorgungslinien unterbrochen, und den Vormarsch
der Wehrmacht auf dem Balkan gestört. Doch das würde bald vorbei sein. Mit diesen frischen Truppen und

der neuen Ausrüstung war er bereit, den Spieß umzu-
drehen.

Ein Offizier trat neben ihn, salutierte scharf und wartete auf seine Befehle. Jürgensen nickte knapp, ohne
den Blick von den ankommenden Truppen abzuwenden. „Die neuen Einheiten sind bereit, Herr General.
Wir können sie sofort in Stellung bringen."

„Gut" erwiderte Jürgensen, seine Stimme ruhig, aber
mit einem harten Unterton. „Ich will, dass sie sich
schnell sammeln und kampfbereit sind. Wir haben
nicht viel Zeit." Er trat einen Schritt näher an die Züge
heran, beobachtete, wie eine Reihe von Sturmgeschützen vorsichtig entladen wurde. Diese, mächtiger und
besser bewaffnet als die alten Panzer II und III, würden
eine entscheidende Rolle in seinem Plan spielen. „Die
Partisanen werden denken, sie hätten uns in die Defen-
sive gedrängt. Aber wir werden sie überraschen. Dieses
Mal werden sie nicht entkommen."

Der Offizier nickte zustimmend, in seinem Gesicht
spiegelte sich die Entschlossenheit seines Vorgesetzten
wider. „Und was ist Ihr Plan, Herr General?"

Jürgensen lächelte dünn. „Wir lassen sie glauben, dass
wir geschwächt sind. Dass wir uns aufteilen müssen,
um unsere Linien zu halten. Aber in Wirklichkeit zie-
hen wir alle unsere Kräfte an einem Punkt zusammen.
Wenn sie angreifen, laufen sie direkt in unsere Falle."

Er hatte die Berichte der Aufklärung sorgfältig studiert, die Bewegungen der Partisanen beobachtet, ihre
Taktiken analysiert. Sie waren gut organisiert, aber sie
hatten eine Schwäche: Ihre Überheblichkeit. Sie waren
überzeugt, dass sie die Oberhand gewonnen hatten,
dass die deutschen Truppen durch den harten Winter

und die schwierigen Bedingungen, auch an anderen Froten, geschwächt waren. Doch sie unterschätzten die Entschlossenheit und die Ressourcen der Wehrmacht.

Jürgensen blickte noch einmal auf die neuen Truppen, die sich schnell formierten, die Offiziere, die ihre Befehle bellten, die Soldaten, die Gewehre überprüften und sich auf den Marsch vorbereiteten. Es war eine gut geölte Maschine, bereit, gnadenlos zuzuschlagen. Er spürte, wie die Spannung in ihm wuchs, die Vorfreude auf den kommenden Kampf. Dieser Krieg hatte ihn geformt, hatte ihn kalt und berechnend gemacht, aber er wusste, dass dieser Plan der Schlüssel zum Sieg war.

„Bringen Sie die Truppen in Position" befahl er schließlich. „Und informieren Sie die Artillerie. Ich will, dass sie bereit ist, auf mein Kommando das gesamte Gebiet zu neutralisieren."

Der Offizier salutierte erneut und eilte davon, um die Befehle des Generals auszuführen. Jürgensen blieb noch einen Moment auf dem Bahnsteig stehen, lauschte dem Dröhnen der Lokomotiven, die sich langsam wieder in Bewegung setzten, und betrachtete die unendliche Reihe von Soldaten, die auf den bevorstehenden Kampf vorbereitet waren. Die Partisanen dachten, sie könnten die Wehrmacht zermürben. Aber sie würden bald herausfinden, dass sie einem gut vorbereiteten Gegner gegenüberstanden, der bereit war, jeden ihrer Schritte vorherzusehen.

Mit einem letzten Blick auf die formierenden Truppen wandte sich Jürgensen ab und ging zurück zu seinem Stabswagen. Es gab noch viel zu tun, bevor die Falle zuschnappen würde. Doch in seinem Herzen wusste er, dass der Plan funktionieren würde. Die Partisanen würden diese Nacht nicht überleben. Nicht einer von ihnen.

Sanko und Branko saßen am Rande des Lagers der Partisanen, das tief in den Bergen versteckt war. Die Nacht war dunkel und still, das einzige Geräusch war das leise Knistern des Lagerfeuers und das gelegentliche Rauschen des Windes, der durch die Bäume zog. Die beiden Brüder hatten kaum ein Wort gewechselt, seit sie erfahren hatten, dass ein großer Angriff auf das deutsche Hauptquartier bevorstand. Doch jetzt, als die Stunde des Kampfes näher rückte, spürte Sanko die Anspannung in der Luft. Er konnte sehen, dass etwas in Branko nagte, etwas, das unausgesprochen zwischen ihnen stand.

„Branko" begann Sanko schließlich, seine Stimme leise, aber bestimmt. „Was ist los mit dir? Du bist die ganze Zeit so still."

Branko starrte ins Feuer, seine Hände um die Knie geschlungen. Er schien für einen Moment nicht zu reagieren, doch dann sah er auf, und in seinen Augen lag eine Mischung aus Angst und Entschlossenheit. „Ich... ich kann das nicht, Sanko," sagte er schließlich, seine Stimme zitternd. „Ich kann nicht mehr weitermachen. Dieser ganze Krieg... es ist zu viel. Ich will hier weg."

Sanko blinzelte überrascht. „Was redest du da? Weg? Wo willst du hin?" Seine Worte waren schärfer, als er es beabsichtigt hatte, und er spürte, wie Zorn in ihm aufstieg. „Wir sind so weit gekommen. Du kannst jetzt nicht einfach aufgeben!"

Branko wich seinem Blick aus, seine Schultern sanken. „Ich habe Angst, Sanko. Angst vor dem, was noch kommt. Diese Kämpfe, das Töten... Es verfolgt mich in meinen Träumen. Ich kann es nicht mehr ertragen." Sei-

ne Stimme brach, als er versuchte, die Tränen zurück-
zuhalten, die in seinen Augen aufstiegen. „Ich will nach
Hause. Ich will weg von all dem."

Sanko ballte die Fäuste, seine Wut kochte über. „Nach
Hause?" wiederholte er scharf. „Wir haben kein Zuhause mehr! Das Dorf ist zerstört, Vater ist tot. Die Deutschen haben uns alles genommen, und du willst einfach
weglaufen?" Er sprang auf die Füße, die Wut in ihm
brodelte, aber auch eine tiefe Enttäuschung. „Glaubst
du, es wird besser, wenn du wegläufst? Dass du den
Krieg hinter dir lassen kannst, nur weil du weggehst?"

Branko stand langsam auf, aber er hielt den Blick ge-
senkt, konnte die Entschlossenheit in Sankos Augen
nicht ertragen. „Ich weiß, dass es feige ist" flüsterte er.
„Aber ich will leben, Sanko. Ich will einfach nur leben."

Sanko sah seinen Bruder lange an, die Worte wirbel-
ten in seinem Kopf herum. Ein Teil von ihm wollte
Branko anschreien, ihn dazu zwingen, zu bleiben, ihn
zu erinnern, warum sie hier waren, warum sie kämpften. Doch als er in Brankos Gesicht sah, erkannte er die
Verzweiflung, die Angst, die in ihm nagte, und seine
Wut verwandelte sich in eine schmerzhafte Erkenntnis.
Vielleicht konnte er Branko nicht retten. Vielleicht
konnte er niemanden retten.

Schließlich wandte er sich ab, die Kälte der Nacht
schien in sein Herz einzudringen. „Geh" sagte er leise,
seine Stimme kaum hörbar. „Wenn du wirklich glaubst,
dass du wegkommen kannst, dann geh. Ich werde dich
nicht aufhalten."

Branko hob den Kopf, überrascht von der plötzlichen
Erlaubnis, aber auch von der Kälte in Sankos Stimme.
„Sanko..." begann er, doch er wusste nicht, was er sa-

gen sollte. Die Entscheidung, die er getroffen hatte, lastete schwer auf ihm, aber er wusste auch, dass er nicht bleiben konnte. Er drehte sich langsam um und ging weg, jeder Schritt schien ihm schwerer zu fallen, je weiter er sich entfernte.

Sanko blieb allein zurück, den Blick starr auf das Feuer gerichtet. Die Flammen warfen flackernde Schatten auf sein Gesicht, doch in ihm brannte ein anderes Feuer – ein Feuer aus Enttäuschung, Wut und einer schmerzhaften Akzeptanz. Branko war gegangen, und er hatte ihn nicht aufgehalten. In dieser einen Nacht, in der sie hätten zusammenstehen sollen, hatten sie sich getrennt. Sanko wusste, dass er weiterkämpfen musste, mit oder ohne seinen Bruder. Doch der Verlust wog schwerer als alles, was er bisher erlebt hatte.

Am nächsten Morgen war das Lager der Partisanen von geschäftigem Treiben erfüllt. Männer und Frauen, bewaffnet mit Gewehren und Molotowcocktails, bereiteten sich auf den Marsch vor. Die Stimmung war entschlossen, die Gespräche kurz und sachlich. Die Kälte des frühen Tages kroch durch die Kleidung, doch niemand ließ sich davon ablenken. Heute war der Tag, an dem sie zurückschlagen würden. Man kochte Kaffee und war guter Stimmung.

Sanko stand in der Mitte des Lagers, umgeben von Partisanen, die sich formierten. Er fühlte sich einsam, obwohl er von Menschen umgeben war. Brankos Abwesenheit lastete schwer auf ihm, aber er wusste, dass er jetzt nicht an seinen Bruder denken durfte. Der Kampf, der vor ihnen lag, würde all ihre Aufmerksamkeit und Entschlossenheit erfordern.

Ein Partisan, den Sanko nur als „Kapitän" kannte, trat
an ihn heran. Der Kapitän war ein stämmiger Mann mit
einem buschigen Bart und durchdringenden Augen, die
viel Erfahrung und Entschlossenheit verrieten. „Sanko,
" sagte er, „bist du bereit?"

Sanko nickte, ohne zu zögern. „Ja, Kapitän. Ich bin bereit." Seine Stimme klang fest, doch in ihm arbeitete es.
Er wusste, dass es kein Zurück mehr gab. Nicht für ihn
und nicht für die anderen Partisanen, die sich auf den
Weg machten.

Der Kapitän legte ihm eine Hand auf die Schulter.
„Gut. Heute werden wir den Deutschen zeigen, dass
wir uns nicht einschüchtern lassen. Wir haben lange ge-
nug im Schatten gekämpft. Jetzt ist es an der Zeit, ans
Licht zu treten und für unsere Freiheit zu kämpfen."
Seine Worte trugen eine Schwere in sich, aber auch eine
Hoffnung, die Sanko auf seltsame Weise beruhigte.

„Los, bewegt euch!" rief Vuk, und die Kolonne setzte
sich in Bewegung. Die Schritte der Kämpfer waren fest
und gleichmäßig, ein leises, aber entschlossenes Stamp-
fen, das den gefrorenen Boden unter ihren Füßen erzit-
tern ließ. Die Berge um sie herum erhoben sich wie
schweigende Wächter, die die kommenden Ereignisse
ungerührt beobachteten.

Sanko marschierte in der Mitte der Kolonne, seine Gedanken noch immer bei Branko. Doch mit jedem Schritt
wurde seine Entschlossenheit stärker. Er hatte sich ent-
schieden, hier zu bleiben und zu kämpfen, und er
wusste, dass es keinen Raum für Zweifel mehr gab. Die
anderen Partisanen, die um ihn herum marschierten,
hatten alle ihren eigenen Schmerz, ihre eigenen Verluste, aber sie alle waren hier, weil sie an die gemeinsame

Sache glaubten. Dieser Gedanke gab ihm die Kraft, weiterzugehen.

Der Marsch war lang und beschwerlich, der Pfad schmal und von Schnee und Eis bedeckt. Doch niemand klagte, niemand ließ sich zurückfallen. Sie alle wussten, dass sie zusammenhalten mussten, wenn sie eine Chance gegen die überlegene Macht der Deutschen haben wollten. Die Erinnerung an die Zerstörung ihrer Dörfer, die Gräueltaten der Besatzer und die endlose Gewalt trieb sie voran.

Als die Sonne sich langsam über die Berge erhob, tauchte sie die Szenerie in ein kaltes, aber helles Licht. Vor ihnen lag das Ziel – das deutsche Hauptquartier, gut versteckt und schwer bewacht. Doch heute würden die Partisanen ihre größte Stärke zeigen: ihre Entschlossenheit und ihren Willen, um jeden Preis zu kämpfen.

„Das ist unser Tag" murmelte Sanko zu sich selbst, während sie näher kamen. „Für unser Land, für unsere Freiheit." Und in seinem Herzen spürte er ein kleines Flackern von Hoffnung. Auch wenn Branko nicht bei ihm war, so wusste er doch, dass er für etwas Größeres kämpfte, etwas, das selbst den schlimmsten Schmerz überwinden konnte.

Branko schlich durch den Wald, der von Nebelschwaden durchzogen war und in der morgendlichen Kälte beinahe unheimlich wirkte. Sein Atem ging schnell, und sein Herz schlug laut in seiner Brust. Er hatte gehofft, sich weit genug von den Partisanen zu entfernen, um für sich selbst sorgen zu können. Doch schon nach wenigen Stunden wurde ihm klar, dass die Einsamkeit und die gnadenlose Wildnis etwas ganz anderes waren als der Schutz des Lagers.

Der Hunger nagte an ihm, und so war er auf der Suche nach etwas Essbarem tiefer in den Wald vorgedrungen, als er es ursprünglich vorgehabt hatte. In einem Moment unvorsichtiger Verzweiflung hatte er versucht, in ein kleines verlassenes Jagdhaus einzubrechen, das er am Rande einer Lichtung entdeckt hatte. Doch gerade als er die Tür aufdrücken wollte, hörte er Stimmen hinter dem Haus.

Branko erstarrte und zog sich hastig zurück, das Herz bis zum Hals schlagend. Er kauerte sich in ein Gebüsch, hielt den Atem an und lauschte. Die Stimmen gehörten zu deutschen Soldaten. Sie sprachen in einem Ton, der keine Eile verriet, eher eine Ruhe, die in diesem feindlichen Terrain unpassend wirkte.

„Die Partisanen denken, sie hätten die Oberhand,“ sagte eine Stimme, die tiefer und älter klang. „Aber sie laufen geradewegs in unsere Falle. General Jürgensen hat alles vorbereitet. Die neuen Truppen werden sie in die Zange nehmen, und dann gibt es kein Entkommen mehr.“

„Und wenn sie erst einmal in die Schlucht getrieben sind,“ fügte eine zweite Stimme hinzu, „werden unsere Artillerie und die Luftwaffe den Rest erledigen. Es wird ein Massaker.“ Die Männer lachten leise, ein scharfes, unheilvolles Geräusch in der kalten Morgenluft.

Branko schluckte schwer, die Worte der Soldaten drangen wie ein Eispfeil in sein Bewusstsein. Die Partisanen marschierten direkt in eine Falle. Plötzlich wirkte seine Entscheidung, das Lager zu verlassen, lächerlich und feige. Er spürte eine Welle von Panik, die ihn durchfuhr, aber auch einen Funken Hoffnung. Vielleicht war es nicht zu spät. Vielleicht konnte er sie noch warnen.

Ohne lange nachzudenken, wandte sich Branko leise ab und schlich zurück in den Wald, immer darauf bedacht, kein Geräusch zu machen, das die Soldaten auf seine Anwesenheit aufmerksam machen könnte. Die Kälte schien ihn nicht mehr zu stören, der Hunger war vergessen. Nur ein Gedanke beherrschte ihn: Er musste zurück zum Lager. Er musste Sanko und die anderen warnen.

Doch als er schließlich, nach einer schier endlosen Zeit des Laufens und Stolperns durch das unwegsame Gelände, das Lager erreichte, fand er es verlassen vor. Die Feuer waren erloschen, die Zelte abgebaut. Es war, als wären die Partisanen nie dort gewesen.

Branko stand keuchend am Rand der Lichtung, das Herz schwer vor Erschöpfung und Verzweiflung. Der Boden war von den Fußspuren der Kämpfer durchzogen, die vor nicht allzu langer Zeit aufgebrochen waren. Panik ergriff ihn. Sie waren fort, und er war zu spät.

Er taumelte vorwärts, suchte nach einem Zeichen, einem Hinweis darauf, wohin sie gegangen sein könnten. Aber es war nichts da, nur die karge Stille des verlassenen Lagers. Er sank auf die Knie, die Hände in den kalten Boden grabend, während die Realität seiner Situation auf ihn niederdrückte. Er hatte Sanko im Stich gelassen, und jetzt schienen alle verloren.

Doch gerade als er aufgeben wollte, blitzte ein Gedanke durch seinen Kopf. Die Falle. Wenn er nur die Richtung wusste, in die die Partisanen marschiert waren,

konnte er vielleicht einen Weg finden, sie rechtzeitig zu
warnen. Mit einem letzten Funken Hoffnung in seinem
Herzen stand Branko auf und begann, den Spuren zu
folgen. Er wusste, dass es ein verzweifeltes Unterfan-
gen war, aber er hatte keine andere Wahl. Er musste es
versuchen. Für Sanko, für die Partisanen – für all das,
was sie verloren hatten.

Leutnant in Bewährung Schmidt stand vor seinem
neuen Zug, die Männer in ordentlichen Reihen vor ihm
aufgestellt. Doch obwohl sie äußerlich diszipliniert und
bereit wirkten, konnte Schmidt die Kluft spüren, die
zwischen ihm und diesen Soldaten lag. Sie waren ein
seltsamer Haufen, eine Mischung aus kampferprobten
Ostfrontveteranen und fanatischen SS-Männern, die ihn
mit kalten, undurchdringlichen Augen musterten.

Die Ostfrontveteranen wirkten wie Schatten ihrer
selbst. Ihre Gesichter waren von harten Linien durchzogen, ihre Augen tief in den Höhlen versunken, als hätten sie in den eisigen Steppen Russlands ihre Menschlichkeit verloren. Schmidt konnte die Abgestumpftheit
und den Zynismus spüren, der von ihnen ausging. Diese Männer hatten mehr Schrecken erlebt, als er sich vorstellen konnte, und es hatte sie verändert. Sie waren effizient, aber auch erbarmungslos, als wäre in ihnen
nichts mehr übrig außer der bloßen Pflicht zu töten.

Dann waren da die SS-Männer. Sie standen stramm,
ihre Uniformen makellos, die Blicke kühl und arrogant.
Für sie war der Krieg ein heiliger Kampf, ein ideologi-
scher Krieg, in dem es keinen Raum für Zweifel oder
Schwäche gab. Ihre fanatische Entschlossenheit war bei-

nahe unbegreifbar, doch sie erfüllte Schmidt nicht mit Vertrauen, sondern mit Unbehagen. Diese Männer würden ohne zu zögern Befehle ausführen, egal wie grausam oder unmenschlich sie waren. Für sie war er, ein einfacher Leutnant der Wehrmacht, bestenfalls ein Mittel zum Zweck, schlimmstenfalls eine lästige Formalität.

„Leutnant Schmidt" meldete ein SS-Unteroffizier mit scharfer Stimme, „Ihr Zug ist bereit zum Abmarsch." Die Worte klangen mehr wie eine Feststellung denn als Respektsbekundung.

Schmidt nickte knapp und trat vor die Männer, die ihn weiterhin stumm musterten. „Männer" begann er, seine Stimme ruhig, aber bestimmt. „Wir haben einen klaren Auftrag. Wir müssen das Gebiet sichern und die Partisanen ausschalten, die sich in den Wäldern verschanzt haben. Es wird kein leichter Einsatz, aber wir haben den Vorteil der Übermacht und der Überraschung auf unserer Seite."

Er konnte sehen, dass seine Worte kaum Wirkung auf die Männer hatten. Die Ostfrontveteranen sahen ihn mit leeren Augen an, als hätten sie solche Reden schon zu oft gehört, während die SS-Männer nur auf den Befehl zum Angriff zu warten schienen. Es war, als hätte Schmidt keine Verbindung zu ihnen, als stünde er einem Haufen Maschinen gegenüber, die nur darauf programmiert waren, zu töten.

Dennoch führte er den Zug entschlossen an. Sie marschierten durch den verschneiten Wald, die Stille nur unterbrochen vom Knirschen des Schnees unter ihren Stiefeln und dem leisen Klirren und Klappern der Ausrüstung. Schmidt versuchte, die Unruhe, die in ihm aufstieg, zu unterdrücken. Er war ein Soldat, und es war

seine Pflicht, diese Männer zu führen, unabhängig
davon, was er über sie dachte oder sie über ihn.

Doch mit jedem Schritt, den sie dem Ziel näher kamen, wurde ihm klarer, dass dieser Einsatz anders sein
würde als alles, was er bisher erlebt hatte. Die Männer,
die er führte, waren nicht seine Kameraden, sondern etwas Fremdes, Bedrohliches. Sie waren Krieger einer anderen Art von Krieg – einem Krieg, der weniger mit
Ehre und mehr mit nackter Brutalität zu tun hatte.

Als sie sich dem Ziel näherten, ein kleines Dorf, in
dem die Partisanen vermutet wurden, spürte Schmidt,
wie sich die Stimmung in der Truppe veränderte. Die
Ostfrontveteranen schienen ihre alte Härte zu finden,
während die SS-Männer nur darauf brannten, loszu-
schlagen. Er wusste, dass es schwer sein würde, diese
Männer unter Kontrolle zu halten, auch wenn der
Kampf begann.

Schmidt atmete tief durch und versuchte, sich auf seine Aufgabe zu konzentrieren. Er musste einen kühlen
Kopf bewahren, selbst wenn er sich inmitten dieser ent-
fremdeten Soldaten befand. Denn in diesem Krieg,
dachte er, war die wahre Gefahr nicht nur der Feind,
sondern auch die Dunkelheit, die in den Herzen derer
lauerte, die an seiner Seite kämpften.

Die Partisanen bewegten sich vorsichtig durch den
dichten Urwald, ihre Schritte lautlos auf dem schneebedeckten Boden. Sanko marschierte an der Spitze eines
kleinen Trupps, seine Augen wachsam, sein französi-
sches Gewehr fest in den Händen, auch wenn er eigentlich gar nicht wusste wie er es bedienen sollte. Neben
ihm ging der Kapitän, die Miene entschlossen, doch

auch er schien die Spannung in der Luft zu spüren. Sie hatten von einem kleinen Dorf gehört, das angeblich von deutschen Truppen besetzt war, und sollten es jetzt angreifen.

Als sie die letzten Bäume hinter sich ließen und das Dorf vor ihnen auftauchte, verlangsamten sie den Schritt. Die Holzhäuser standen still und verlassen da, als wären sie seit Wochen unbewohnt. Kein Rauch stieg aus den Schornsteinen, keine Geräusche drangen an ihre Ohren. Es war unheimlich still.

„Das stimmt etwas nicht," flüsterte Sanko und warf dem Kapitän einen besorgten Blick zu. Der Kapitän nickte knapp, seine Augen wanderten prüfend über die Szenerie. Er hob die Hand, um den Trupp zum Stehen zu bringen.

„Wartet hier," sagte der Kapitän leise und winkte zwei der erfahrensten Partisanen zu sich. Gemeinsam schlichen sie vorwärts, ihre Gewehre im Anschlag, bereit, auf jedes Zeichen von Gefahr zu reagieren. Die restlichen Partisanen blieben zurück, ihre Nerven angespannt, die Augen auf die Bewegungen der Vorhut gerichtet. Man drückte sich angespannt in den Schnee.

Sanko war regungslos, das Gewehr in den Händen fest umklammert. Sein Herz schlug schneller, als er zusah, wie der Kapitän und die anderen vorsichtig die ersten Häuser erreichten. Sie spähten durch die Fenster, bewegten sich geräuschlos durch die Gassen, doch immer wieder sahen sie sich suchend um, als würden sie etwas erwarten, das einfach nicht da war.

Schließlich drehte sich der Kapitän zu den anderen um und winkte sie vor. „Es ist niemand hier" rief er mit gedämpfter Stimme. „Das Dorf ist leer."

Ein Raunen ging durch die Partisanen. Sie tauschten unsichere Blicke aus, während sie sich langsam dem Kapitän näherten. Einige von ihnen traten vorsichtig in die Häuser ein, als könnten sie dort noch versteckte Soldaten entdecken, aber überall das gleiche Bild: verlassene Räume, kalte Feuerstellen, keine Spur von Leben.

Sanko folgte dem Kapitän zu einem der größeren Gebäude, das wahrscheinlich das Dorfgasthaus war. Auch hier war alles verlassen, die Fenster geschlossen, der große Saal leer. Er konnte sich keinen Reim darauf machen. Wenn die Deutschen das Dorf aufgegeben hatten, warum gab es dann keine Spuren? Keine Zeichen von Eile, keine zurückgelassenen Gegenstände? Es war, als wären die Bewohner und die Soldaten einfach in Luft aufgelöst worden.

„Das ist seltsam“ murmelte Sanko, als er sich dem Kapitän näherte. „Warum sollten sie das Dorf einfach so verlassen?“

Der Kapitän zog die Augenbrauen zusammen und blickte sich um. „Ich weiß es nicht“ antwortete er mit gedämpfter Stimme. „Aber das gefällt mir nicht. Sie hätten das Dorf nicht einfach so aufgeben sollen. Nicht ohne Kampf.“

Ein unangenehmes Gefühl beschlich Sanko, eine Mischung aus Angst und Misstrauen. Das Dorf wirkte wie eine Falle, die sich noch nicht geschlossen hatte. „Was sollen wir jetzt tun?“ fragte er leise.

Der Kapitän überlegte einen Moment, dann nickte er entschlossen. „Wir bleiben nicht lange. Seht zu, dass ihr Vorräte einsammelt, was immer ihr finden könnt. Aber beeilt euch. Wir müssen hier weg, bevor etwas passiert.“

Die Partisanen begannen hastig, das Dorf nach allem Brauchbaren abzusuchen, doch die Nervosität war greifbar. Sie alle spürten, dass hier etwas nicht stimmte, doch niemand wollte es laut aussprechen. Sanko konnte das bedrückende Schweigen nicht ertragen. Es war, als würde das Dorf selbst sie beobachten, bereit, sich zu rächen.

Während sie arbeiteten, hörte er das leise Wispern unter den Partisanen. Jeder wusste, dass diese Ruhe trügerisch war. Sie hatten genug von den Taktiken der Deutschen gesehen, um zu wissen, dass nichts so einfach war, wie es schien. Die Minuten verstrichen, und die Unruhe wuchs.

„Los, wir müssen hier raus!" rief der Kapitän schließlich, als er sah, dass alle an der Grenze ihrer Nerven waren. „Wir haben genug. Verschwinden wir, bevor es zu spät ist!"

Sanko war froh, als sie sich wieder in Bewegung setzten, weg von den verlassenen Häusern, zurück in den Schutz des Waldes. Doch das Gefühl der Beklemmung ließ ihn nicht los. Es war, als würde das Dorf ihnen nachsehen, ein stiller, lauernder Feind, der nur darauf wartete, zuzuschlagen.

Nur wenig später und die Nacht war hereingebrochen, und mit ihr die Dunkelheit, die wie ein dichter Schleier über die verschneite Landschaft kam. Sanko und der Captain lagen auf dem kalten Boden, die Augen fest auf das Ziel gerichtet: einen kleinen deutschen Vorposten, der am Rand des abgelegenen Dorfes errichtet worden war. Einfache Holzhütten, umgeben von Sandsäcken und Stacheldraht, dienten den Deutschen als Stützpunkt. Die Lichter in den Fenstern warfen gespenstische Schatten über den Schnee.

„Es sind nicht viele" flüsterte Sanko, sein Atem formte kleine Wölkchen in der eiskalten Luft. Er spähte durch sein Fernglas, beobachtete die Bewegungen der Soldaten, die sich im Lichtkegel einer Lampe am Wachhäuschen unterhielten. „Vielleicht zehn oder zwölf. Aber wir müssen schnell sein, bevor sie Verstärkung rufen können."

Der Kapitän, der die Operation leitete, nickte knapp. „Es darf keiner entkommen. Wenn wir den Vorposten zerstören, schneiden wir ihre Nachschubwege ab und verschaffen uns Zeit."

Sanko warf einen nervösen Blick in die Runde. Es war das erste Mal, dass sie an einem Angriff dieser Größenordnung teilnahmen. Bisher hatten sie nur kleinere Sabotageakte verübt oder Informationen gesammelt. Doch jetzt ging es darum, deutsche Soldaten direkt zu töten – Männer, die vielleicht in einer anderen Welt einfach nur ihren Dienst taten. Der Gedanke lastete schwer auf ihm, doch er wusste, dass es keine andere Wahl gab. Der Krieg hatte keine Gnade, und das mussten sie nuneinmal lernen.

„Positionen einnehmen" befahl der Kapitän leise, und die Partisanen begannen, sich geräuschlos zu verteilen. Einige verschanzten sich hinter Bäumen und Felsen, andere krochen durch den tiefen Schnee näher an den Vorposten heran.

Als alle bereit waren, hob der Kapitän die Hand. „Wartet auf mein Signal" sagte er kaum hörbar. Die Spannung war beinahe unerträglich. Jeder Muskel in

Sankos Körper war angespannt, bereit zum Sprung. Die Sekunden verstrichen wie in Zeitlupe.

Dann, plötzlich, das Signal: eine Leuchtrakete, die zischend in den Himmel schoss und die Nacht für einen kurzen Moment in grelles Licht tauchte. Die Partisanen stürmten vorwärts, ihre Gewehre im Anschlag. Ein ohrenbetäubender Knall erfüllte die Luft, als der erste Sprengsatz einen der Wachtürme in die Luft jagte…

Der Morgen war kalt und grau, als Schmidt und seine Männer den Befehl erhielten, mit ihren Panzern eine wichtige Straße freizukämpfen. Über Nacht hatten die Partisanen einen Vorposten überfallen und dann eine Straßensperre errichtet, die den deutschen Nachschub blockierte. Ihre Aufgabe war es, diese Barrikade zu durchbrechen und den Weg für die nachfolgenden Truppen zu ebnen.

Schmidt saß im Kommandantenluk des ersten Sturmgeschütz III, den Blick fest auf die vor ihnen liegende Straße gerichtet. Hinter ihm rollten zwei weitere Panzer III, ihre Motoren brummten dumpf, während die Infanterie in Deckung neben ihnen vorrückte. Die Straße war eng und von dichtem Wald gesäumt, was die Annäherung erschwerte. Nebel hing über den Bäumen und vermischte sich mit dem Rauch, der von den gelegentlichen Einschlägen weiter vorne aufstieg.

„Fahr langsam voran, aber sei bereit, sofort anzuhalten" befahl Schmidt seinem Fahrer. Die Partisanen waren für ihre hinterhältigen Taktiken bekannt, und er wusste, dass sie auf Widerstand stoßen würden, sobald sie sich der Sperre näherten. Die Spannung unter seinen

Männern war spürbar, die letzten Kämpfe hatten doch ihre Spuren hinterlassen.

Als sie um eine Kurve bogen, tauchte die Straßensperre plötzlich vor ihnen auf. Sie bestand aus umgestürzten Bäumen, Sandsäcken und zerstörten Fahrzeugen, die quer über die Straße verteilt waren. Dahinter ragten Barrikaden aus Holz und Metall auf, die den Weg vollständig blockierten. Doch es war nicht die Barrikade selbst, die Schmidt beunruhigte, sondern die unheimliche Stille, die sie umgab.

„Halt" befahl Schmidt, und die Panzer stoppten mit einem lauten Zischen. Er griff nach seinem Fernglas und spähte über die Barrikade hinweg. Nichts bewegte sich, kein Schuss fiel. Aber er wusste, dass sie beobachtet wurden.

„Die Infanterie vorrücken lassen" befahl er dem Unteroffizier, der neben ihm stand. „Sie sollen das Gelände sichern und nach Minen suchen." Der Unteroffizier nickte und gab den Befehl weiter. Die Soldaten lösten sich aus ihrer Deckung und begannen vorsichtig, das Gelände vor den Panzern zu erkunden. Sie bewegten sich langsam, ihre Gewehre bereit, die Augen wachsam auf jede Bewegung gerichtet.

Schmidt fühlte, wie sich die Anspannung in ihm verstärkte. Irgendetwas stimmte hier nicht. Die Partisanen hatten die Sperre zu perfekt errichtet, zu gezielt. Es war, als hätten sie gewusst, dass die Deutschen genau hier entlangkommen würden. Sein Instinkt sagte ihm, dass eine Falle bevorstand, aber er konnte keinen Rückzug befehlen. Der Druck, die Straße freizukämpfen, war zu groß.

Plötzlich durchbrach ein ohrenbetäubender Knall die Stille, als eine Explosion die vordersten Soldaten in die Luft schleuderte. „Deckung!" brüllte Schmidt, doch es war zu spät. Ein Hagel aus Gewehrfeuer und Mörsergranaten prasselte auf sie herab. Die Partisanen hatten in den Bäumen und im Unterholz Stellung bezogen und eröffneten nun aus allen Richtungen das Feuer.

Der Fahrer des Sturmgeschütz III gab Gas, und der Panzer stieß vorwärts, das Geschütz auf die Barrikade gerichtet. „Feuer frei!" befahl Schmidt, und die Kanone donnerte, als sie die Sperre unter Beschuss nahm. Holz splitterte, Metall verbog sich unter der Wucht der Geschosse, doch die Barrikade hielt stand.

Ein weiterer Mörserschlag traf den Boden neben dem Panzer, und Schmidt spürte, wie das Fahrzeug erschüttert wurde. „Wir sitzen fest!" rief der Funker, während der Panzer in den Matsch einsank, unfähig, weiter vorzurücken. Die Straße war durch die heftigen Kämpfe in ein unpassierbares Schlammfeld verwandelt worden, das selbst die Ketten des Panzers nicht mehr bewältigen konnten.

„Zurückziehen! Wir müssen den Panzer freibekommen!" Schmidt wusste, dass sie hier nicht länger bleiben konnten. Doch als sie versuchten, zurückzusetzen, traf ein weiteres Geschoss den Panzer an der Seite, und der Motor heulte auf, bevor er endgültig versagte. Rauch stieg aus dem hinteren Teil des Fahrzeugs auf, und Schmidt erkannte, dass sie jetzt in einer ausweglosen Situation waren.

„Alle Mann aussteigen! Sofort!" befahl er, und die Besatzung begann, sich aus dem beschädigten Panzer zu retten. Die Infanterie kämpfte verbissen um jedes Stück Deckung, doch die Partisanen hatten das Gelände zu ihrem Vorteil genutzt. Aus den dichten Wäldern heraus griffen sie immer wieder an, verschwanden dann wieder in der Dunkelheit, bevor die Deutschen zurückschlagen konnten. Plötzlich schon liefen die Landser in alle Richtungen auseinander.

Schmidt spürte, wie ihm die Zeit davonlief. Die Straße war unpassierbar, ihre Panzer blockiert, und die Partisanen waren überall. Er wusste, dass sie hier nichts mehr gewinnen konnten. „Rückzug!" rief er erneut, und die Männer begannen, sich unter dem anhaltenden Feuer langsam zurückzuziehen, wenn sie nicht ohnehin schon fort waren.

Der Angriff war gescheitert, und Schmidt wusste, dass dieser Tag als Niederlage in den Berichten stehen würde. Doch in diesem Moment zählte nur, so viele seiner Männer wie möglich aus diesem Höllenloch herauszuholen.

Die Schreie und das ohrenbetäubende Dröhnen von Geschützfeuer erfüllten die Luft, während die Partisanen in Panik gerieten. Die deutschen Truppen, unterstützt von schwerer Artillerie und den gefürchteten Sturmgeschützen, hatten ihren Angriff in die Flanke mit brutaler Präzision geführt. Was als geordneter Rückzug begonnen hatte, verwandelte sich rasch in ein wildes Chaos. Die Partisanen wurden in alle Richtungen zerstreut, von Granaten und Maschinengewehrsalven in die Flucht geschlagen.

Branko rannte, so schnell ihn seine Beine trugen, durch das Unterholz des Waldes. Die Schreie seiner Kameraden hallten hinter ihm wider, doch er konnte nichts tun. Der Feind war zu übermächtig, und jeder

Moment des Zögerns konnte sein letzter sein. Verzweiflung und Angst trieben ihn an, während er versuchte, einen sicheren Unterschlupf zu finden. Die winterliche Kälte biss in seine Haut, aber er spürte sie kaum, betäubt von der Adrenalinwelle, die durch seinen Körper schoss.

Er erreichte eine Lichtung und blieb keuchend stehen, drehte sich um, um nach Sanko zu suchen. Sein Herz raste. „Sanko!" schrie er, doch seine Stimme ging im Lärm der Schlacht unter. Nichts. Keine Antwort. Die Realität schlug mit voller Wucht auf ihn ein: Sein Bruder war irgendwo in diesem Inferno zurückgeblieben. Er konnte es nicht fassen, wollte es nicht wahrhaben, doch die grausame Gewissheit drang allmählich in sein Bewusstsein.

Unfähig, sich damit abzufinden, machte er sich auf den Weg zurück in die Richtung, aus der sie gekommen waren, zurück zur Stadt, die die Partisanen erst kürzlich verlassen hatten. Die Straßen waren leer und gespenstisch still. Einschusslöcher und zertrümmerte Gebäude zeugten von den heftigen Kämpfen, die hier stattgefunden hatten. Der Rauch von brennenden Häusern lag schwer in der Luft, und die Asche rieselte wie dunkler Schnee auf die zerstörten Überreste der Stadt herab.

Branko stolperte durch die Straßen, seine Augen suchten verzweifelt nach einem Zeichen seines Bruders. Die Panik schnürte ihm die Kehle zu. „Sanko! Sanko, wo bist du?" Seine Stimme klang hohl und verloren in der trostlosen Stille. Dann blieb er plötzlich stehen. Sein Herz schien für einen Moment auszusetzen.

Dort, zwischen den Trümmern eines eingestürzten Hauses, lag eine Gestalt im Schnee. Branko rannte hin, sein Atem stockte, als er erkannte, wer dort lag. Sanko, sein Gesicht blass und leblos, seine Augen geschlossen, als würde er schlafen. Doch das Blut, das sich dunkel um ihn im Schnee ausbreitete, erzählte eine andere Geschichte.

„Nein... Nein, das kann nicht sein" stammelte Branko, während er sich neben den leblosen Körper seines Bruders kniete. Er schüttelte ihn sanft, als könnte er ihn damit wieder zum Leben erwecken. „Sanko, wach auf! Bitte, wach auf!" Doch es gab keine Antwort. Der Tod hatte seinen Bruder geholt, und nichts, was Branko tun konnte, würde ihn zurückbringen.

Die Kälte und der Schmerz erfassten Branko mit einer solchen Intensität, dass es ihm den Atem raubte. Die Welt um ihn herum verschwamm, und alles, was blieb, war die unermessliche Leere in seinem Herzen. Der Krieg hatte ihm das genommen, was ihm am meisten bedeutete, und er fühlte sich verloren, als wäre ein Teil von ihm selbst gestorben.

Er beugte sich über Sanko, seine Tränen fielen auf das blasse Gesicht seines Bruders, vermischten sich mit dem Schnee und dem Blut. In diesem Moment schwor Branko sich, dass er nicht ruhen würde, bis die, die ihm seinen Bruder genommen hatten, dafür büßen würden. Doch in diesem Moment konnte er nichts anderes tun, als an Sankos Seite zu knien, unfähig zu begreifen, dass er wirklich fort war.

General Jürgensen stand mit verschränkten Armen vor der großen Karte, die den Operationsbereich im Süden Jugoslawiens zeigte. Sein Gesicht war angespannt, die Linien auf seiner Stirn tiefer als je zuvor. Die Nachricht aus dem Hauptquartier in Berlin war eingetroffen – und sie war alles andere als erfreulich. Seine wichtigsten Kräfte, die zwei Panzerdivisionen, die er so dringend für die Verfolgung der zerschlagenen Partisanen benötigte, sollten abgezogen werden. Sie würden an die Ostfront verlegt, wo die deutsche Wehrmacht in immer verzweifelteren Kämpfen gegen die Rote Armee geraten war.

Der Adjutant, der die Nachricht überbracht hatte, stand steif neben ihm und wartete auf eine Reaktion. Doch Jürgensen sagte nichts. Er starrte nur auf die Karte, die plötzlich bedeutungslos erschien. All die Pläne, die er sorgfältig ausgearbeitet hatte, die Taktiken, die er angewendet hatte, um die Partisanen in die Knie zu zwingen – alles schien nun vergeblich. Ohne seine Panzer war er kaum in der Lage, die verfolgten Partisanen effektiv niederzuringen.

„Wir sollen die Operation abbrechen" sagte er schließlich, seine Stimme rau. „Befehl von ganz oben." Er drehte sich langsam zu seinem Stab um, seine Augen kalt und resigniert. „Die Panzer gehen an die Ostfront. Wir bleiben zurück und... halten das, was wir noch halten können."

Jeder im Stab nickte stumm. Sie alle wussten, was das bedeutete. Ohne die Panzer, ohne frische Truppen, die sie hätten verstärken können, würden sie kaum in der Lage sein, den Partisanen in den Bergen weiter zuzusetzen. Die Offensive, die sie mühsam aufgebaut hatten, würde zusammenbrechen. Und die Partisanen, die sie fast in die Ecke gedrängt hatten, würden sich erholen und zurückschlagen.

Jürgensen zog einen tiefen Zug aus seiner Pfeife und
starrte aus dem Fenster seines provisorischen Hauptquartiers hinaus. Der Himmel war grau, und ein feiner
Schneefall begann die kargen Hügel in eine trostlose, eisige Landschaft zu verwandeln. Dieser Kleinkrieg hatte
seine Männer ausgezehrt, ihre Moral erschöpft, und
nun wurden ihnen die letzten Ressourcen entzogen. Es
war ein klares Zeichen – ein Zeichen dafür, dass Berlin
nicht mehr in der Lage war, alle Fronten zu versorgen.
Die Prioritäten hatten sich verschoben, und der Krieg
war für Deutschland zu einem verzweifelten Überle-
benskampf geworden.

„Befehlen Sie den Rückzug der Panzerverbände" sagte er schließlich, seine Stimme nun gefasst, aber ohne
die frühere Entschlossenheit. „Wir werden unsere Lini-
en verstärken und uns auf Verteidigung konzentrieren.
" Er wusste, dass dies nichts anderes war als ein Auf-
schub des Unvermeidlichen, aber er konnte nichts da-
gegen tun. Der Befehl kam von oben, und selbst ein General musste sich fügen.

Als die Offiziere den Raum verließen, um die Befehle
weiterzugeben, blieb Jürgensen allein zurück. Er trat
langsam an den Tisch, stützte sich darauf und ließ seinen Blick erneut über die Karte wandern. Es war ihm
nicht entgangen, dass die roten Markierungen auf der
Karte – die Positionen der feindlichen Streitkräfte – immer näher rückten. Der Feind drängte an allen Fronten
vor, und die Deutschen waren nicht mehr in der Lage,
sie aufzuhalten.

„Vielleicht haben sie recht" murmelte er zu sich
selbst, während er die Karte betrachtete. „Vielleicht
reicht es wirklich nicht mehr." Die Worte kamen ihm
schwer über die Lippen. Er, ein General der Wehr-

macht, hatte immer an den Sieg geglaubt, hatte sich in den Dienst des Vaterlandes gestellt und geglaubt, dass sie, trotz aller Widrigkeiten, siegreich sein würden. Doch nun sah er die Realität vor sich, in kalten Zahlen und Fakten auf der Karte. Und zum ersten Mal seit Jahren begann er zu zweifeln.

Mit einem Seufzen wandte er sich ab. Der Krieg, den er geführt hatte, war nicht mehr der Krieg, den er gewonnen geglaubt hatte. Und während die Schneeflocken draußen lautlos auf die Erde fielen, wusste Jürgensen, dass der Wendepunkt längst überschritten war…

Ihre Zufriedenheit ist unser Ziel!

Liebe Leser, liebe Leserinnen,

hat Ihnen unser Buch gefallen? Haben Sie Anmerkungen für uns? Kritik? Bitte zögern Sie nicht, uns zu schreiben. Wir werden jede Nachricht persönlich lesen und beantworten.

Schreiben Sie uns: info@ek2-publishing.com

Wussten Sie schon, dass Sie uns dabei unterstützen können, deutsche Militärliteratur sichtbarer zu machen? Bitte nehmen Sie sich einen Moment Zeit und bewerten Sie dieses Buch online. Viele positive Rezensionen führen dazu, dass das Buch mehr Menschen angezeigt wird.

Sie können somit mit wenigen Minuten Zeitaufwand unserem kleinen Familienunternehmen einen großen Gefallen tun. Vielen Dank für Ihre Unterstützung!

PS: In seltenen Fällen kommt ein Buch beschädigt beim Kunden an. Bitte zögern Sie in diesem Fall nicht, uns zu kontaktieren. Selbstverständlich ersetzen wir Ihnen das Buch kostenlos.

Gedrungene Körper huschten durch das kniehohe Präriegras. Von Hass erfüllte Augen richteten sich auf die kleine Farm, die sich im Licht des fahlen Mondes unten im Tal abzeichnete.

Niemand der Bewohner ahnte, dass in den nächsten Minuten der Tod seine knöchernen Finger ausstrecken würde. Niemand ahnte, dass die breitschultrigen Gestalten mit den blauschwarzen Haaren Rache und Vergeltung suchten. Tod den Weißen, den Landräubern, die in die Apacheria gekommen waren!

Einer der Krieger stieß den kläffenden Ruf eines Coyoten aus, bevor er sich erhob und in die Runde blickte. Seine scharfen Augen erkannten schemenhafte Gestalten, die durch das Gras schlichen.

Langsam kam Nebel auf und benetzte das Gras, bis es feucht wurde. Morgendämmerung, die Stunde der Apachen! Dies war die Zeit, wo der Schlaf am tiefsten und die Träume am süßesten waren.

Der Krieger huschte lautlos durch das Gras. Niemand hörte und sah ihn. Er war eins mit der Wildnis, in der er lebte und die sein Zuhause war. Er würde sie bis aufs Blut verteidigen.

Hass stand in den schwarzen Augen geschrieben, als er seine Kriegslanze umklammerte. Die Weißen mussten sterben, denn sie waren Eindringlinge im Land, das dem roten Mann gehörte!

Ein tödlicher Kreis umgab die kleine Farm. Nebel verbarg die gedrungenen Gestalten, die jetzt bis auf wenige Yards an die Farm herangekommen waren.

Sie waren zu allem entschlossen. An diesem Morgen war der Tod auf die Morrison-Farm gekommen, und er kam still und heimlich ...

LANDSER IM WELTKRIEG
KAUFEN!

97

Direkt zur Serie:

Keine Neuerscheinung verpassen und gratis E-Book sichern!

Tragen Sie sich in den Newsletter von EK-2 Militär ein, um über aktuelle Angebote und Neuerscheinungen informiert zu werden und an exklusiven Leser-Aktionen teilzunehmen.

Als besonderes Dankeschön erhalten Sie <u>kostenlos</u> das E-Book »Die Weltenkrieg Saga« von Tom Zola. Enthalten sind alle drei Teile der Trilogie.

Link zum Newsletter:
https://ek2-publishing.aweb.page

Über unsere Homepage:
www.ek2-publishing.com

Lernen Sie den neusten Kracher aus dem Hause EK-2-Militär kennen!

Wandeln Sie auf den Spuren des berühmten wie berüchtigten
Apachen-Kriegers Geronimo und lassen Sie sich von seiner
wechselvollen Lebensgeschichte voller Höhen und Tiefen, Siege
und Niederlagen inmitten der Indianerkriege mitreißen.

Eine Veröffentlichung der EK-2 Publishing GmbH

Friedensstraße 12

47228 Duisburg

Registergericht: Duisburg

Handelsregisternummer: HRB 30321

Geschäftsführerin: Monika Münstermann

E-Mail: info@ek2-publishing.com

Homepage: www.ek2-publishing.com

Cover/Umschlag: Kayla Pelgrim

Autor: Florian Juterschnig

Lektorat: Heiko Piller

Buchsatz: Heiko Piller

1. Auflage Oktober 2024

Made in the USA
Monee, IL
07 July 2026

56550846R00059